पैसा

रास्ता है मंज़िल नहीं

SECRETS OF MONEY

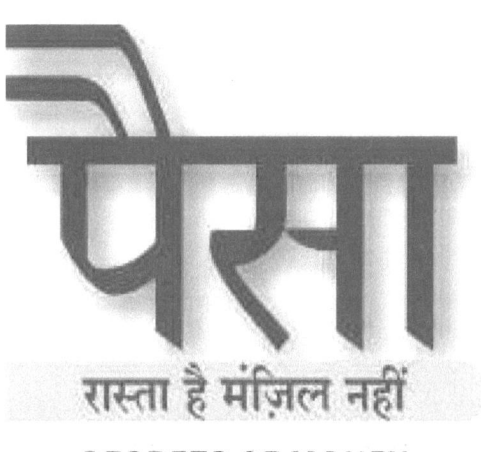

सरश्री द्वारा रचित श्रेष्ठ पुस्तकें

१. इन पुस्तकों द्वारा आध्यात्मिक विकास करें

- विचार नियम - आपकी कामयाबी का रहस्य
- ली गीता ला - लीला और गीता का अनोखा संगम और प्रारंभ
- गीता यज्ञ - कर्मफल और सफल फल रहस्य
- गीता संन्यास - कर्मसंन्यासयोग
- मन को वश में करने की संयम गीता - सत् चित्त मन युक्ति
- ज्ञान विज्ञान अक्षर गीता - अज्ञान के लिए सद्गति युक्ति
- ध्यान नियम - ध्यान करने के सरल उपाय
- संतों में संत तुकाराम महाराज - अभंग रहस्य और जीवन चरित्र
- आध्यात्मिक उपनिषद् - सत्य की उपस्थिति में जन्मी 24 कहानियाँ
- संत एकनाथ - जीवन चरित्र और बहुमूल्य शिक्षाएँ
- भक्ति के भक्त - रामकृष्ण परमहंस
- सत् चित्त आनंद - आपके 60 सवाल और 24 घंटे

२. इन पुस्तकों द्वारा स्वमदद करें

- अवचेतन मन की शक्ति के पीछे आत्मबल
- नींव नाइन्टी - नैतिक मूल्यों की संपत्ति
- सुखी जीवन के पासवर्ड - कैसे खोलें दुःख, अशांति और परेशानी का ताला
- वर्तमान का जादू - उज्ज्वल भविष्य का निर्माण और हर समस्या का समाधान
- नास्तिकता से मुक्ति - उलटा विश्वास सीधा कैसे करें
- निराशा से मुक्ति - Freedom From Depreesion
- इमोशन्स पर जीत - दुःखद भावनाओं से मुलाकात कैसे करें
- मन का विज्ञान - मन के बुद्ध कैसे बनें

३. इन पुस्तकों द्वारा हर समस्या का समाधान पाएँ

- स्वास्थ्य त्रिकोण - स्वास्थ्य संपन्न
- खुशी का रहस्य - सुख पाएँ, दुःख भगाएँ : ३० दिन में

४. इन आध्यात्मिक उपन्यासों द्वारा जीवन के गहरे सत्य जानें

- मृत्यु पर विजय - मृत्युंजय
- स्वयं का सामना - हरक्युलिस की आंतरिक खोज
- बड़ों के लिए गर्भ संस्कार - १० अवतार का जन्म आपके अंदर
- सन ऑफ बुद्धा - जागृति का सूरज

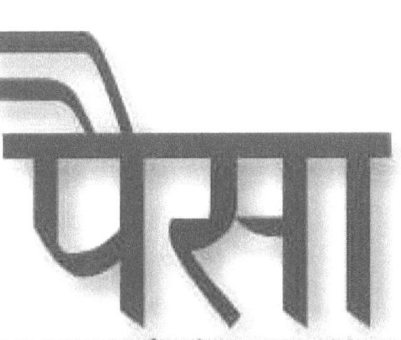

पैसा

रास्ता है मंज़िल नहीं

SECRETS OF MONEY

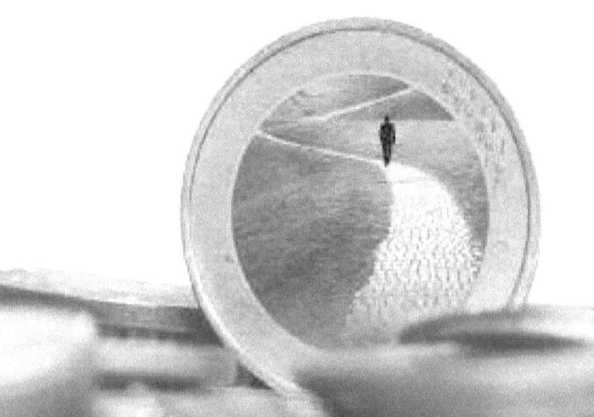

A Happy Thoughts Initiative

पैसा रास्ता है, मंज़िल नहीं (Secrets Of Money)

© Tejgyan Global Foundation

All Rights Reserved 2017

Tejgyan Global Foundation is a charitable organization with its headquarters in Pune, India.

सर्वाधिकार सुरक्षित

वॉव पब्लिशिंग्ज् प्रा. लि. द्वारा प्रकाशित यह पुस्तक इस शर्त पर विक्रय की जा रही है कि प्रकाशक की लिखित पूर्वानुमति के बिना इसे व्यावसायिक अथवा अन्य किसी भी रूप में उपयोग नहीं किया जा सकता। इसे पुनः प्रकाशित कर बेचा या किराए पर नहीं दिया जा सकता तथा जिल्दबंद या खुले किसी भी अन्य रूप में पाठकों के मध्य इसका परिचालन नहीं किया जा सकता। ये सभी शर्तें पुस्तक के खरीददार पर भी लागू होंगी। इस संदर्भ में सभी प्रकाशनाधिकार सुरक्षित हैं। इस पुस्तक का आंशिक रूप में पुनः प्रकाशन या पुनः प्रकाशनार्थ अपने रिकॉर्ड में सुरक्षित रखने, इसे पुनः प्रस्तुत करने की प्रति अपनाने, इसका अनूदित रूप तैयार करने अथवा इलेक्ट्रॉनिक, मैकेनिकल, फोटोकॉपी और रिकॉर्डिंग आदि किसी भी पद्धति से इसका उपयोग करने हेतु समस्त प्रकाशनाधिकार रखनेवाले अधिकारी तथा पुस्तक के प्रकाशक की पूर्वानुमति लेना अनिवार्य है।

प्रथम आवृत्ति : मई २०१७

रीप्रिंट : नवंबर २०१७

रीप्रिंट : जून २०१८

प्रकाशक : वॉव पब्लिशिंग्ज़् प्रा. लि., पुणे

Paisa - Rasta hai, Manjil nahi (Secrets Of Money)
Tejgyan Global Foundation

विषय सूची

		पृष्ठ क्र.
१.	पैसे के दुश्चक्र को समृद्धि चक्र बनाएँ	
	लक्ष्मी ही लक्ष्य न रखकर सच्चे अमीर कैसे बनें	7
२.	ज़्यादा पैसा चाहिए या ज़्यादा समझ	
	छोटे खर्चों के प्रति सजग रहें	12
३.	पैसे को दिशा दें और अमीर बनें	
	मनी किलर से बचें	18
४.	पैसे की भाषा, परिभाषा	
	मंदी या चांदी	23
५.	पैसे के बारे में तीन तरह के भ्रम	
	न भगवान, न शैतान	26
६.	पैसे की १३ मान्यताएँ	
	Money & Spiritualism	30
७.	पैसा ज़रूरत बने, चाहत नहीं	
	'ज' कि 'च'	35
८.	पैसे का बहाव हो	
	निसर्ग का नियम	39
९.	पैसे के मालिक बनें, चौकीदार नहीं	
	जीवन का मालिक कौन	42
१०.	पैसे में ब्लॉक्स न डालें	
	रक्त और पैसा	46
११.	पैसा कमाने का सही लक्ष्य तय करें	
	लक्ष्य तय करने के चार सही कदम	50
१२.	'क्या गया' न कहें, 'क्या पाया' यह कहें	
	पैसे के साथ नकारात्मक सोच न रखें	52
१३.	'पैसा नहीं है' यह समस्या नहीं है, 'सही सोच नहीं है', यह समस्या है	
	आसक्त भावनाएँ	55
१४.	पैसा कमाना सीखें	
	क्षमता बढ़ाएँ	59
१५.	मनी मंत्र इस्तेमाल करें	
	बचत करने की आदत डालें	64

		पृष्ठ क्र.
१६.	पैसे का संवर्धन करें	
	मैजिक बॉक्स बनाएँ	67
१७.	पैसेवालों के प्रति ईर्ष्या, द्वेष न हो	
	पैसे का आदर हो	70
१८.	पैसे का इस्तेमाल स्वास्थ्य और आनंद बढ़ाने के लिए हो	
	पैसे का अहंकार न हो	73
१९.	पैसे के पीछे निरर्थक दौड़ बंद करें, तुलना न करें, अनुमान न लगाएँ	
	लक्ष्मी से प्रार्थना करें	76
२०.	कंजूसी से मुक्ति	
	भरपूरता की भावना	79
२१.	धन, दौलत, दान, तरीका और समाधान प्राप्त करें	
	विश्वास बीज	84
२२.	समय भी पैसा है	
	सही कार्य नियोजन	93
२३.	समृद्धि के नियम	
	समृद्ध बनने में सहायक	96
२४.	असली दौलत प्राप्त करें	
	समृद्धि सार	100
	परिशिष्ट	105
२५.	न संसारी बनें, न संन्यासी बनें	
	गुण और ज्ञान बढ़ाएँ	107
२६.	प्रार्थना	111
२७.	मान्यताएँ	112
२८.	बचत योजना	113
२९.	योग्यता	114
३०.	ब्लॉक्स	115
३१.	विश्वास बीज	116
	My Notes	117
	शेष संग्रह	119-136

नोट : हर दिन एक अध्याय पढ़ें। पढ़ी गई जानकारी पर रोज़ मनन करें। इस तरह एक महीने में पुस्तक का लाभ सेल्फ शिविर की तरह लें।

प्रस्तावना

पैसे के दुश्चक्र को समृद्धि चक्र बनाएँ
लक्ष्मी ही लक्ष्य न रखकर सच्चे अमीर कैसे बनें

१

समझ है तो पैसा वरदान है वरना अभिशाप है।
पैसा यदि वरदान है तो जीवन योग है,
पैसा यदि अभिशाप है तो जीवन रोग है।

मनीराम नाम का इंसान बड़े सुख में जी रहा था। हर सुबह गरमा-गरम चाय की प्याली पीता था। सुबह की शुरुआत करने के लिए वह इसी से संतुष्ट था।

एक दिन उसे चाय के साथ एक बिस्किट खाने की इच्छा जगी। उस दिन के बाद हर दिन बिस्किट खाने का आनंद भी लिया जाने लगा। कुछ महीनों के बाद पैसे की तंगी महसूस होने लगी तो मनीराम कुछ ज़्यादा कमाने के लिए मेहनत करने लगा, जिससे उसकी आमदनी बढ़ गई। पैसा बढ़ते ही मनीराम ने चाय के साथ टोस्ट, सैण्डविच खाना भी शुरू कर दिया।

कुछ महीनों के बाद वही दुष्चक्र फिर से शुरू हुआ। टोस्ट, सैण्डविच के नाश्ते में जुड़ने की वजह से पैसे की तंगी फिर से आने लगी और कमाई का रास्ता ढूँढ़ा जाने लगा। कमाई बढ़ी लेकिन नाश्ते में आमलेट, मक्खन, केक का समावेश हो गया।

इसी तरह आमदनी और सुख-सुविधाओं को बढ़ाने का सिलसिला जारी रहा,

प्रस्तावना

जिसका असर मनीराम के स्वास्थ्य पर पड़ा। आमदनी घटी लेकिन सुख-सुविधाओं की लालसा बढ़ती रही। अब स्वास्थ्य खराब करने के साथ-साथ मनीराम सिर्फ नाम का ही मनीराम रह गया।

यह एक बड़ी समस्या की छोटी कहानी थी। यह कहानी हर गाँव, हर शहर में, हर कूचे, हर गली में दोहराई जा रही है। इस कहानी से दो बातों को ठीक से समझें – १. कैसे धीरे-धीरे पैसे की समस्या बढ़ने लगती है और २. कैसे इच्छाओं की इच्छाओं का कोई अंत नहीं है। इसे कहते हैं, पैसे और इच्छा का दुष्चक्र।

कहीं हम भी तो ऐसे दुष्चक्र में नहीं फँस रहे हैं? हमारी लक्ष्मी इस दुष्चक्र की वजह से हमसे कहीं नाराज़ तो नहीं हो जाती? लक्ष्मी को प्रसन्न करने के लिए हम क्या करें? लक्ष्मी को लक्ष्य न बनाकर सत्यनारायणी कैसे बनाएँ? इन सभी सवालों के जवाब इस पुस्तक द्वारा पाकर हम पैसे और इच्छा के चक्र से निकलकर समृद्धि चक्र में प्रवेश पाने की कला सीखें।

मनीराम की कहानी हो या लक्ष्मी-मुदेवी की कहानी हो, इस पुस्तक की हर कहानी हमें समृद्धि का रहस्य समझाने के लिए लिखी गई है। सरल और काल्पनिक कहानियाँ भी हमें सत्य का साक्षात्कार करवा सकती हैं, बशर्ते वे सही जगह और सही संदर्भ में प्रस्तुत की गई हों। क्या आपके मन में लक्ष्मी और मुदेवी की कहानी का प्रश्न चल रहा है? तो पहले इस कहानी को पढ़ लें, फिर आगे की बातें आत्मसात करें।

एक दिन लक्ष्मी (धन-दौलत की देवी) और मुदेवी (निर्धनता की देवी) के बीच इस बात पर चर्चा हो रही थी कि 'हम दोनों में से महान कौन है?' दोनों अपने-अपने गुण गा रही थीं लेकिन फैसला न कर पाईं।

उन्होंने सोचा, 'भगवान ब्रह्मा से जाकर इस समस्या का समाधान पूछते हैं।' दोनों ब्रह्माजी के पास गईं। ब्रह्मा ने कुछ सोचकर कहा, 'आप यह सवाल नारायणजी से जाकर पूछें।' फिर वे दोनों नारायणजी के पास पहुँचीं। नारायणजी ने समस्या की उलझन समझते हुए उनसे कहा, 'आप शंकरजी से जाकर मिलें, वे ही इस सवाल का जवाब आपको बताएँगे।'

शंकरजी जानते थे कि यह एक गंभीर समस्या है, एक को महान कहेंगे तो दूसरी रूठ

लक्ष्मी आते हुए अच्छी लगती है और निर्धनता की देवी जाते हुए अच्छी लगती है।

जाएगी। किसी को बुरा न लगे इसलिए शंकरजी ने दोनों को नारदजी के पास भेज दिया।

दोनों बहनें नारदजी के पास गईं। नारदजी ने चतुराई से उन्हें समस्या का समाधान बताया – 'फलाँ गाँव में एक पंडितजी रहते हैं, वे ही आपको सही जवाब दे सकते हैं। आप उनसे ही इस सवाल का जवाब पूछें।'

निर्धनता की देवी और लक्ष्मी अपने सवाल के साथ उस पंडितजी के पास गईं। पंडितजी उनका सवाल सुनकर सोच में पड़ गए, फिर उन्होंने कहा, 'आप दोनों,

प्रस्तावना

सामने जो पीपल का पेड़ है, वहाँ जाकर खड़ी हो जाएँ।' दोनों पीपल के पेड़ के पास जाकर खड़ी हो गईं। उसके बाद पंडितजी ने दोनों बहनों को इशारे से अपने पास बुलाया। दोनों उनके पास आकर खड़ी हो गईं।

पंडितजी ने उनके सवाल का जवाब इस तरह दिया, **'लक्ष्मी आते हुए अच्छी लगती हैं और निर्धनता की देवी जाते हुए अच्छी लगती हैं'** यानी निर्धनता जब जा रही थी तो ज़्यादा अच्छी लग रही थी और लक्ष्मी जब आ रही थी तो ज़्यादा पसंद आ रही थी।

क्या इससे अच्छा जवाब हो सकता है? नहीं, लेकिन अब अगला सवाल यह उठता है कि हम लक्ष्मी को अपने जीवन में कैसे आमंत्रित करें तथा वह आए तो उसका कैसे उपयोग करें?

लक्ष्मी आए तो वह मात्र लक्ष्मी न रहे, 'लक्ष्मी, सत्यनारायणी बन जाए' यानी पैसा हमें सत्य के मार्ग पर, ज्ञान के मार्ग पर ले जाए, सत्य का दर्शन करवाए। यदि ऐसा हो पाया तो ही पैसे का सही इस्तेमाल हुआ यानी पैसा मंज़िल पाने के लिए मज़बूत रास्ता बना, खुद मंज़िल नहीं।

हर एक को अपने जीवन में लक्ष्मी आते हुए पसंद आती है। आते हुए वह अपने साथ कुछ ऐसी चीज़ लाए, जिससे वह सत्यनारायणी बन जाए। लक्ष्मी के सही उपयोग से यदि सत्यनारायण (तेजसत्य) का दर्शन हो तो लक्ष्मी ने बहुत बड़ा काम किया वरना लोग पैसे को ही मंज़िल समझकर, उसमें उलझकर बहुत सारे धोखे खाते रहते हैं और असली हीरा भी सामने आए तो उसका सही लाभ नहीं ले पाते हैं।

असली हीरे को जब जौहरी मिल जाए तो उसकी कीमत, चमक, शोभा हज़ार गुना बढ़ जाती है। जिस तरह लोहे को पारस मिल जाए तो लोहा, लोहा नहीं रहता, उसकी महिमा ही बदल जाती है, उसी तरह सत्य जौहरी या पारस का काम करता है। सत्य जिस चीज़ के साथ जुड़ जाता है, उसे अनमोल कर देता है। यही सत्य जब लक्ष्मी के साथ जुड़ता है तो लक्ष्मी सिर्फ धन-दौलत की देवी नहीं रहती बल्कि सत्यनारायणी बन जाती है।

सिर्फ लक्ष्मी ही लक्ष्य न हो। लक्ष्य हो लक्ष्मी के साथ सत्य जोड़ना व उसे सत्यनारायणी बनाना।

पारस की कसौटी यानी सत्य की पहचान कैसे हो? पारस की चमक–धमक कसौटी नहीं हो सकती, पारस का काम ही उसकी परख है। नकली पत्थर भी हीरे से ज़्यादा चमक सकते हैं मगर वे असली हीरे नहीं होते। सत्य अगर इंसान को बदल दे, उसे अपने मूल स्वभाव में स्थित कर दे तो वह सत्य है, यही सत्य की कसौटी है। इसी सत्य से मनुष्य जीवन सफल होता है वरना सिर्फ नारायण...नारायण का नारा लगाकर सत्यनारायण प्रकट नहीं होते।

सत्यनारायण को प्रकट करने के लिए चाहिए समझ (अण्डरस्टैण्डिंग)। समझ यह कि नारायण कहीं बाहर नहीं, अंदर ही है और यदि सत्यनारायण अंदर है तो उनकी अर्धांगिनी सत्यनारायणी (लक्ष्मी) बाहर कैसे हो सकती है!

आइए, अब लक्ष्मी को समझें और पैसे का सही इस्तेमाल करना सीखें। पैसे को हम इस्तेमाल करें, न कि पैसा हमें इस्तेमाल करे। प्रकृति के महान नियम जानकर न केवल धन की दौलत प्राप्त करें बल्कि धन के साथ ध्यान, ज्ञान, प्रेम, साहस और स्वास्थ्य की दौलत भी प्राप्त करें। जिसके पास ऊपर दी गई सभी दौलतें हैं, वही सच्चा अमीर है।

प्रकृति के नियम जानकर 'विश्वास बीज' डालना सीखें। विश्वास की शक्ति से सदा वैभवशाली जीवन जीएँ। पैसे के बारे में हमें जो गलतफहमियाँ हैं, उन्हें दूर करें। पैसे को बुरा माननेवाले भी आधा सत्य जानते हैं, पैसे को सब कुछ माननेवाले भी आधे सत्य से परिचित हैं। पूर्ण सत्य क्या है? पैसा सत्य के मार्ग में आपको कैसे मदद करे? यह जानकर ही सच्चे अमीर बनकर असली दिवाली मनाई जा सकती है, संपूर्ण लक्ष्मी पूजन हो सकता है।

आइए, हम सत्य का दीया जलाएँ, नई समझ के साथ समृद्ध जीवन में प्रवेश करें। पैसे को रास्ता समझकर उसे मज़बूत बनाने का रहस्य इस पुस्तक से जानें। आपकी यात्रा इस रास्ते पर सफल हो यही प्रार्थना (TOS)* हम आपके लिए करते हैं।

... सरश्री

---

* TOS का अर्थ है 'द ओनली सत्य', समृद्ध जीवन के लिए ईश्वर को धन्यवाद।

२

ज़्यादा पैसा चाहिए या ज़्यादा समझ

छोटे खर्चों के प्रति सजग रहें

ज़्यादा पैसे कमाने से कोई अमीर नहीं बनता,
इंसान अमीर बनता है ज़्यादा पैसे की समझ प्राप्त करके।
पैसे की समझ मिलते ही आपकी
पैसे की समस्या खत्म हो जाती है।

'ज़्यादा पैसे कमाने से समस्याएँ सुलझ जाती हैं', क्या यह वाक्य सही है या यह केवल एक मान्यता है?

३०० रुपए कमानेवाला इंसान सोचता है कि यदि मैं ४०० रुपए कमा पाऊँ तो मेरी पैसे की समस्या सुलझ जाएगी। जो ४०० रुपए कमा रहा है वह १००० रुपए कमाकर अपनी समस्याओं का समाधान देखता है। १००० रुपए कमानेवाला यही सोचता है कि ४००० रुपए कमाकर मैं हर परेशानी से मुक्त हो जाऊँगा। क्या ४००० रुपए कमानेवाला इंसान हर परेशानी से मुक्त है? ४००० रुपए कमानेवाला भी यही सोच रहा होता है कि यदि मैं ५००० रुपए कमाऊँ तो मेरी पैसे की समस्या सुलझ जाएगी। इसका अर्थ समस्या, धन से नहीं बल्कि समझ से सुलझती है।

एक साधु ने एक निर्धन इंसान को एक महीने के लिए ऐसी पारसमणि दी, जो लोहे को भी सोना बना दे। वह इंसान सोना बनाने की चाहत में लोहा खरीदने बाज़ार गया लेकिन देखा कि लोहे का दाम उस दिन से दो रुपए बढ़ गया है। पूछने पर उसे पता चला कि कुछ दिनों बाद दाम कम हो सकता है। अब वह लोहे का

दाम गिरने का इंतज़ार करने लगा लेकिन दाम नहीं गिरा। एक महीने के बाद जब वह साधु अपना पारसमणि वापस लेने आया तब उसे अपनी मूर्खता का एहसास हुआ कि लोहा कितना भी महँगा हो जाए, सोने की बराबरी नहीं कर सकता। लोहा महँगा खरीदकर भी उसे सोना बनाकर वह घाटे में नहीं रहता लेकिन यह बात पहले उसकी समझ में नहीं आई।

जो इंसान सत्य की राह पर चल रहा है, उसे पैसे के प्रति समझ होनी बहुत आवश्यक है वरना उसका पूरा समय बाहर की बातें सुलझाने में चला जाता है और वह सत्य की राह पर चल नहीं पाता। कई लोग पैसे कमाने में लग गए तो वे जीवनभर पैसे ही कमाते रहे, वे वापस सत्य की राह पर लौटे ही नहीं। उन्होंने जितना भी धन कमाया उससे उन्हें कभी भी संतुष्टि महसूस नहीं हुई। वे और कमाने के लिए ज़िंदगीभर दौड़ते ही रहे। उन्हें कभी नहीं लगा कि उन्होंने भरपूर पैसा कमाया है और अब वे असली लक्ष्य के लिए काम कर सकते हैं। उनके पास उपलब्ध पैसे, उन्हें हमेशा कम ही लगते हैं। उनके पास भरपूर पैसे होने के बावजूद, वे अभाव की भावना में ही जीते हैं।

इंसान नासमझी में बहुत पैसा तो कमाता है लेकिन फिर भी वह हमेशा पैसे की कमी महसूस करता है। ज़्यादा पैसे कमाने से कोई अमीर नहीं बनता, इंसान अमीर बनता है ज़्यादा पैसे की समझ प्राप्त करके। पैसे की समझ मिलते ही आपकी पैसे की समस्या का बीज नष्ट हो जाता है। बीज नष्ट होते ही जीवन में पैसे का अभाव खत्म होता है।

लोग इसी भ्रम में जीते हैं कि ज़्यादा पैसा कमाना ही पैसे की समस्या सुलझाना है। ऐसे कई लोग देखे गए हैं, जो बहुत ज़्यादा कमाते हैं लेकिन फिर भी पैसे की समस्या हरदम उनके साथ लगी रहती है। अगर ज़्यादा पैसा कमाने से समाधान मिलता तो वे आज ज़्यादा खुश होते लेकिन ऐसा उनके साथ नहीं है।

पैसे की समझ – पैसे का उपयोग, निवेश, संवर्धन, खर्च, बचत, गलत मान्यताएँ, अच्छी आदतों का महत्त्व इत्यादि – हमें अमीर बनाती है इसलिए इस समझदारी को पाने के लिए पहले खर्च करें। थोड़े पैसे इस बात पर खर्च करने में लगाना अच्छा है कि हम बाकी पैसों का इस्तेमाल कैसे करें। गलत जगह पर खर्च

करने की आदत पैसे को टिकने में मदद नहीं करती।

पैसा कमाकर भी वह टिकता नहीं क्योंकि शरीर को कुछ गलत आदतें लगी हैं। इन आदतों को तोड़कर यदि पैसा इस्तेमाल किया जाए तो पैसा वरदान बनेगा। **लापरवाही से पैसे खर्च करना जहाज़ में बने छोटे छेद के बराबर है, जो जहाज़ को डुबो सकता है।** छोटे खर्चों, जीवन के जहाज़ में बने छोटे छेदों के प्रति सदा सजग रहें। नीचे दी गई आदतों से बचें।

पहला और आखिरी कारण

पैसे की समस्या का पहला और आखिरी कारण है - लापरवाही + सुस्ती + गलत आदतें - समझ = पैसे की समस्या

लापरवाही : बेशुमार व लापरवाही से खर्च करने की आदत की वजह से पैसे की समस्या बढ़ती रहती है।

जो इंसान किस्मत की पूजा करने की आदत रखता है, उसके साथ ये दो बातें होती हैं १- इंसान अपना धन फिजूल खर्च करके उड़ा देता है या २- कंजूस बनकर, साँप की तरह धन पर कुण्डली मारकर बैठा रहता है। जो इंसान मेहनत की पूजा करने की आदत रखता है उसके साथ ये दो बातें होती हैं १- वह सदा आत्मनिर्भर रहता है, २- वह हमेशा स्वस्थ रहता है।

पहले और दूसरे इंसान के जीवन में फर्क साफ दिखाई देता है इसलिए मेहनत करने से जी न चुराएँ तथा भाग्यवादी बनकर ज्योतिषियों और लॉटरी का टिकट ढूँढ़ने में समय न गँवाएँ।

लॉटरी लगने से इंसान को फिजूल खर्च करने की आदत पड़ जाती है। कुछ समय बाद उसका सारा पैसा तो खर्च हो जाता है मगर उसकी इच्छाओं की भूख कभी नहीं मिटती।

इंसान को भूख लगी हो और खाना न मिले तो उसका हाल बेहाल हो जाता है। इच्छाओं की इच्छा यानी इच्छाओं की आदत, यही तो दुःख का कारण बनती है। पैसा खत्म होने पर वह इंसान इच्छाओं की भूख मिटा नहीं पाता, फिर भी उसके

अंदर इच्छाएँ जगती रहती हैं, उसे सताती रहती हैं। इस तरह उसका जीवन उसके लिए बहुत बड़ा नर्क बन जाता है।

लॉटरी मिलने से पैसे की समस्या नहीं सुलझती क्योंकि इंसान लॉटरी लगने से पैसा कमाने की योग्यता पर काम ही नहीं करता। वह अयोग्य रह जाता है। उसका विश्वास अपने आपसे उठकर पैसे कमाने के आसान तरीकों पर चला जाता है। वह पैसे का गुलाम बन जाता है।

मुफ्त में मिला धन अयोग्यता बढ़ाता है या इच्छाओं की भूख व फिजूल खर्ची करने की आदत बढ़ाता है। इसलिए पैसा कमाने की योग्यता बढ़ाएँ, आत्मविश्वास प्राप्त करें।

सुस्ती : सुस्ती के कारण, कल करेंगे... कल करेंगे की आदत की वजह से मिलनेवाला धन भी रुक जाता है। पैसा जमा करने के लिए बैंक जाने की आनाकानी की वजह से... उस पर मिलनेवाला ब्याज इंसान को नहीं मिलता, आनेवाला पैसा भी रुक जाता है। सुस्ती इंसान को कंजूस या कंगाल बनाती है। दोनों अतियाँ इंसान के लिए घातक हैं।

गलत आदतें : नीचे दी गई आदतों को प्रकाश में लाएँ।

१) दूसरों से उधार माँगने व दूसरों को बिना सोचे–समझे उधार देने की आदत।

२) किसी को भी 'नहीं' न कहने की आदत।

३) खरीददारी करते वक्त भाव–तोल करने में शर्म महसूस करने की आदत कि 'मैं यहाँ पर पैसे कैसे कम करवा सकता हूँ? लोग क्या कहेंगे?' यह सोचने की वजह से हर बार ज़्यादा पैसे देकर चीज़ें खरीदने की आदत।

४) जो भी पैसे माँगे उसे देते रहना, बिना यह जाने कि वाकई उसे ज़रूरत है या नहीं।

५) बचत न कर पाना, फिजूल खर्ची करना।

६) कर्ज़दारों की संख्या बढ़ाते रहना।

७) पैसे कमाने के आसान तरीकों (लॉटरी, जुआ इत्यादि) पर सोचते रहने की आदत।

समझ : पैसे के बारे में सही 'समझ' न रखने से, जो इस पुस्तक में दी गई है, पैसे की समस्या कभी खत्म नहीं होती। उदा. पैसे को हम इस्तेमाल करें, न कि पैसा हमें इस्तेमाल करे। पैसा इंसान की अभिव्यक्ति के लिए निर्माण हुआ है, न कि इंसान पैसे की महिमा बढ़ाने के लिए पैदा हुआ है। पैसा रास्ता है, मंज़िल नहीं। सब कुछ भरपूर है इसलिए पैसे के प्रति आदर हो, द्वेष, ईर्ष्या न हो।

यदि किसी ने इस फॉर्मूला : *लापरवाही + सुस्ती + गलत आदतें - समझ = पैसे की समस्या* से मुक्ति पाई तो उसकी पैसे की समस्या हमेशा के लिए खत्म हो जाएगी।

जो लोग व्यसनमुक्त हो जाते हैं, लापरवाही से मुक्त होकर ऊपर उठते हैं, अपनी सुस्ती पर काम करते हैं, तमोगुण मिटाने लगते हैं और पैसे की समझ बढ़ाते हैं, उनकी पैसे की समस्या सुलझ जाती है वरना लोगों के साथ पैसे की समस्या ज़िंदगीभर रहती है।

आपके साथ यह समस्या न हो, उसके लिए अपने पैसे के दस हिस्से बनाकर, एक हिस्सा बाजू में रखें। उस हिस्से के लिए ऐसा समझें, जैसे यह पैसा आपका था ही नहीं वरना लोग पहले बचत करते हैं और फिर बचत के पैसे पार्टी में उड़ा देते हैं। इस तरह फिजूल खर्च में वे पूरा पैसा गँवा देते हैं। कुछ लोग बचत की शुरुआत तो करते हैं मगर जीवन में कोई खुशी का मौका आते ही उन्हें लगता है कि ज़ोरदार पार्टी होनी चाहिए, यह लाना चाहिए, वह लाना चाहिए। ऐसी पार्टियों में वे लोग अपनी पूरी बचत खर्च कर देते हैं। उन्होंने काफी समय से जिन पैसों की बचत की थी, जो पैसे बैंक में रखे थे, उनसे मिले हुए ब्याज के पैसे से वे पार्टी करते हैं और फिर से अपनी पुरानी अवस्था (असमृद्धि) में आ जाते हैं।

लोगों को पता ही नहीं है कि समृद्धि का खज़ाना कैसे खोजा जाता है, कैसे खोदा जाता है। सिर्फ कुछ गलत आदतों की वजह से और पैसे की समझ न होने की वजह से, आपके पास समृद्धि का खज़ाना बनता ही नहीं है। यह समृद्धि का खज़ाना

कुछ आदतें डालकर ही बनाया जा सकता है। आगे इन बातों पर विस्तार से समझ दी गई है।

इस अध्याय की शुरुआत में दी गई कहानी में पारस मिलने पर भी इंसान गरीब रहा, कारण वह समझ से वंचित था। कहीं हम भी यह मूर्खता तो नहीं कर रहे हैं? मौत का साधु किसी पल भी आ सकता है और यह पारस (जीवन) ले जा सकता है इसलिए इस पारस का सही इस्तेमाल करें।

आप जो देते हैं, उसी से विकास होता है
और जो लेते हैं, उससे मात्र गुज़ारा होता है।

17 पैसा रास्ता है, मंज़िल नहीं

३

पैसे को दिशा दें और अमीर बनें

मनी किलर से बचें

लापरवाही से पैसे खर्च करना जहाज़ में बने छोटे छेद के बराबर है, जो जहाज़ को डुबो सकता है।

आपने सुना होगा 'अभ्यास से इंसान कुशल नहीं बनता बल्कि सही अभ्यास से इंसान प्रवीण बनता है।' सच्चे अमीर बनने के लिए जीवन के इस नियम पर सही अभ्यास करें। यह नियम कहता है, **'आप जिस चीज़ पर ध्यान देंगे वह बढ़ेगी, सँवरेगी, स्वस्थ बनेगी।'**

चूँकि इस पुस्तक के प्रभाव से आप आर्थिक विकास पर ध्यान देने जा रहे हैं इसलिए अब पैसा आपके जीवन में और ज़्यादा बढ़ेगा, जिससे आप अपने लक्ष्य पर और आसानी से बढ़ेंगे क्योंकि पैसा रास्ता है, मंज़िल नहीं।

सबसे पहले आप हर महीने कितने पैसों का आदान-प्रदान करते हैं, कितनी चीज़ों का मोल-भाव करते हैं, उसका हिसाब रखना शुरू करें। आपके हर पैसे का जब तक हिसाब-किताब आपके पास नहीं है, तब तक आप पैसे को दिशा नहीं दे सकते। बिना दिशा के पैसा, पैसा नहीं रहता, वह उड़ती चिड़िया बन जाता है, जो किसी के हाथ नहीं आता।

अपने आपसे सवाल पूछें कि जो पैसे आपके पास आए, उनका निश्चित (एग्ज़ैक्टली) क्या हुआ? वे पैसे कहाँ-कहाँ और कैसे-कैसे खर्च हुए? इस सवाल के जो-जो जवाब आएँ, उन्हें आप एक कागज़ या हो सके तो एक अकाउंट बुक

(डायरी) में लिख लें। यह कदम आपको एक नया दृष्टिकोण देगा। आपका पैसा आगे कहाँ जाए, यह आप निश्चित कर पाएँगे।

जैसे इंसान के पास बहुत समय है लेकिन वह हमेशा समय की कमी की बात करता रहता है, कारण उसका समय कहाँ–कहाँ खर्च हो रहा है, यह उसे पता ही नहीं। उसी तरह हर इंसान के पास पैसा आता है लेकिन वह बेहोशी में कहाँ–कहाँ खर्च करता है, उसे पता ही नहीं रहता।

समय को खानेवाले कामों को 'समय खाऊ (टाईम किलर)' कहा जाता है। वैसे ही पैसा खानेवाले खर्चों को 'मनी किलर (पैसा खाऊ)' कहा जाना चाहिए। आप इन मनी किलर्स से बचें। अपने जीवन में जहाँ–जहाँ मनी किलर दिखाई दें, उन्हें तुरंत इस पुस्तक की मदद से समाप्त करें।

एक संसारी इंसान अपने पैसे (आमदनी) का १००% हिसाब–किताब इन १० बातों से बनाएगा तो वह कुछ इस प्रकार होगा :

१.	घर का किराया और टैक्स	२०%
२.	फोन तथा बिजली	१०%
३.	अनाज, किराना इत्यादि	१८%
४.	सब्ज़ियाँ तथा फल	०६%
५.	कपड़ा (मौसम अनुसार)	०६%
६.	बच्चों की फीस	०६%
७.	पेट्रोल (ईंधन)	०८%
८.	दवाइयाँ	०३%
९.	मेहमान, त्योहार इत्यादि	०३%
१०.	छोटे–छोटे खर्च	०८%
	कुल =	८८%
	बचत =	१२%

आप भी इस तरह अपने पैसे का बजट बनाएँ। पैसा निश्चित तौर पर कहाँ जा रहा है यह देखें और पुस्तक में दी गई जानकारी अनुसार आर्थिक विकास करें वरना आप एक दिन अचानक चौंक पड़ेंगे कि 'जितना पैसा कमाया वह आखिर गया कहाँ!'

आप यदि यह सोच रहे हैं कि हिसाब-किताब (अकाउंट्स) बनाना उन लोगों को आवश्यक है, जो इन्कम टैक्स भरते हैं या बड़े व्यापार करते हैं तो यह आपकी गलत मान्यता है। हर इंसान को अपने पास आने और जानेवाली वस्तुओं की खबर होनी चाहिए ताकि वक्त पड़ने पर तुरंत निर्णय लिया जा सके।

खुद को भी देना सीखें

आप अपना पैसा दुकानदार, कपड़ेवाले, लाइट बिल के लिए, दूधवाले और न्यूज पेपरवाले को देते हैं। इन ज़रूरतों के लिए सभी लोग पैसा खर्च करते ही हैं मगर आप कभी अपने आपको पैसा नहीं देते। आपको कभी ऐसा विचार ही नहीं आता कि अपने आपको भी पैसा देना चाहिए।

जैसे आप बाकी लोगों को प्रेम देते हैं मगर खुद को कभी प्रेम नहीं देते। सभी को समय देते हैं मगर खुद के लिए समय नहीं निकालते। सभी की तरफ ध्यान देते हैं मगर अपनी तरफ ध्यान नहीं दे पाते। इस गलती की वजह से आपका वह विकास नहीं हो पाता जो अपने आपको पैसा, प्रेम और ध्यान देने से होता है।

अब आपको अपने लिए निर्णय लेना है कि आप अपने आपको कितने प्रतिशत पैसे देंगे। यह गणित इस तरह करें : आपके पास जो भी आमदनी आती है, उसके दस हिस्से करें। आपके पास कम पैसे हों या ज़्यादा, जितने भी पैसे हों, उसके दस हिस्से बनाएँ। अब इन दस हिस्सों में से एक हिस्सा अपने आपको देना सीखें यानी पैसे की समृद्धि के लिए एक हिस्सा अपने पास रखें। आगे चलकर यह भी सीखें कि इस बचाए हुए एक हिस्से को कैसे बीज की तरह इस्तेमाल करें ताकि योग्य समय पर इसकी विशाल फसल आपको मिले।

क्या यह हिसाब-किताब आपको कठिन लगा? यह हिसाब बिलकुल सीधा और सरल है। जब पैसे की मान्यता टूटती है, तब गरीब से गरीब इंसान भी उसके पास जो है, उसके दस हिस्से कर सकता है वरना इंसान यही सोचता है कि ज़्यादा

पैसे कमाएँगे तो ही पैसे की समस्या सुलझ जाएगी और वह अमीर बन जाएगा। ऐसी सोच रखनेवाला इंसान जीवनभर अमीर नहीं बन पाता बल्कि और बड़े दबाव में जीता है तथा हमेशा पैसे की तंगी महसूस करता है क्योंकि उसने पैसे का रहस्य जाना ही नहीं है।

समृद्धि के महावृक्ष का एक बीज

आपको यह नियम बनाना है कि अगर आपके पास दस हज़ार रुपए आएँ तो कहें कि मेरे पास सिर्फ नौ हज़ार रुपए आए हैं। उन दस हज़ार रुपयों में से एक हज़ार रुपए आपके लिए समृद्धि का बीज हैं। जब आप यह रहस्य समझेंगे तभी आप समृद्धि का महावृक्ष बना पाएँगे, उस पेड़ की छाया में चैन की नींद सो पाएँगे, आराम से आनंद ले पाएँगे, सत्य पर मनन और अमल कर पाएँगे।

बजट आपका रक्षामंत्री

अगर आपने अपने लिए बजट नहीं बनाया तो देखेंगे कि पैसा आते ही आप चाहत की चीज़ें खरीदते हैं। जैसे जैकेट, सैंडल, लिपस्टिक, पाउडर इत्यादि और आप बिना कारण पैसे खर्च कर देते हैं। लोगों को पता नहीं चलता कि उनका पैसा कहाँ जाता है। लोग कहते हैं, 'हम कमाते तो खूब हैं मगर पैसा कहाँ खर्च हो जाता है यह हमें समझ में ही नहीं आता।'

यदि आप अपना बजट लिखित रूप में बनाएँ तो आपको अपनी फिजूल खर्ची, लापरवाही और मूर्खता का पता चलेगा। बजट के विषय पर हम कभी सजग ही नहीं रहते। बजट बनाने पर आप देखेंगे कि सभी ज़रूरी कार्य होने के पश्चात आपकी बचत भी हो रही है। इसके अतिरिक्त आप जो भी दान-पुण्य का कार्य करना चाहते थे, विश्वास बीज डालना चाहते थे, वे कार्य भी पूरे हो रहे हैं।

बजट आपका रक्षामंत्री है। यह आपकी उच्च इच्छाओं को तुच्छ इच्छाओं से बचाता है। अपनी उच्चतम इच्छा और उच्चतम अभिव्यक्ति की पूर्ति के लिए छोटी-छोटी इच्छाओं से बचें। जब आप बजट बनाएँगे तब यह बजट रक्षामंत्री का काम करेगा। जब आप अपना बजट लिखेंगे, तब आपको पता चलेगा कि आमदनी के नौ हिस्सों में कौन-कौन सी इच्छाएँ पूरी हो सकती हैं।

जब आप अपनी आमदनी के ऐसे दस हिस्से बनाएँगे, तब एक हिस्सा अपने लिए रखकर, बचे हुए नौ हिस्सों में बाकी सभी खर्चे पूरे करेंगे। सभी को जो-जो देना है, वह सब उसमें बिठाएँगे। उसमें आप दान-पुण्य भी करेंगे। जो-जो बातें आप करते आए हैं, वे सब बातें आपके बजट में बैठनेवाली हैं।

बजट बनाने के बाद आप ऐसा न सोचें कि बजट में यह खर्चा नहीं बैठेगा, वह खर्चा नहीं बैठेगा। आमदनी के इन नौ हिस्सों में सब खर्चा बैठनेवाला है। सिर्फ जानकारी न होने की वजह से, आपके सब पैसे खर्च हो रहे थे।

आपकी जायदाद

आपके पास कितने पैसे हैं, इससे आपको कोई फर्क नहीं पड़ेगा, फिर वे दस हज़ार हों या सौ रुपए हों। आपके पास सौ रुपए भी हैं तो आपको उसके दस हिस्से करने हैं और उनमें से दस रुपए खुद को देने हैं। उन दस रुपयों के लिए आप कहें - 'यह मेरी जायदाद है, यह मेरी समृद्धि का खज़ाना है।' ऐसा न कहें कि 'दस रुपए का क्या खज़ाना! उसे खज़ाना यह नाम भी कैसे दें?' ऐसा लगने के बावजूद भी उन दस रुपयों को खज़ाना ही कहें क्योंकि यही पैसे समृद्धि के वृक्ष का बीज हैं। इनसे ही आगे का रास्ता खुलेगा। लोग यह आदत नहीं डाल पाते हैं या उनके माता-पिता से उन्हें यह आदत नहीं मिलती है इसलिए वे हमेशा पैसे की तंगी महसूस करते हैं। आप जल्द से जल्द यह रहस्य जानें कि समृद्धि का महावृक्ष कैसे बनता है।

आज से ही अपने पैसे पर (दूसरों के नहीं) ध्यान देना शुरू करें और ध्यान की शक्ति से पैसे को मंज़िल पाने के लिए राजमार्ग (सुंदर रास्ता) बनाएँ क्योंकि पैसा मज़बूत रास्ता तो है लेकिन आपकी मंज़िल नहीं। पैसे को अपनी मंज़िल पाने के लिए उपयोग करें, उसे वरदान बनाएँ।

पैसे की दौलत के अलावा प्रेम, ध्यान, साहस,
निडरता, सेहत की दौलत भी प्राप्त करें।

४

पैसे की भाषा, परिभाषा

मंदी या चांदी

पैसे के साथ जब सत्य जुड़ता है
तब पैसा ईश्वरीय उपहार बनता है।

जिस तरह हर इंसान के धर्म, कर्म और देश की परिभाषा अलग है, उसी तरह हर एक के लिए पैसे की परिभाषा व समझ भी अलग-अलग है।

एक किसान से जब पूछा गया, 'आपका काम कैसा चल रहा है?' तब उसने कहा, 'इट इज ग्रोईंग (It is growing) यानी व्यापार बढ़ रहा है', यह किसान की भाषा है। जैसे फूल, पौधे बढ़ते हैं, वैसे ही उसका काम बढ़ रहा है।

एक लेखक से पूछा गया, 'आपका काम कैसा चल रहा है?' तो वह कहता है, 'ऑल राइट' क्योंकि यह लेखक की भाषा है - राइट यानी लिखना। लेखक ने राइटिंग की है तो वह कहता है, 'ऑल राइट ... (all write)'

किसी ज्योतिषी, जो तारों को देखकर भविष्य बताते हैं, उनसे पूछा गया कि 'आपका काम कैसा चल रहा है?' उन्होंने जवाब दिया, 'काफी ऊपर जा रहा है, तारों को छू रहा है... ।'

किसी इलेक्ट्रिशियन से, जो बिजली का काम करता है, उससे जब यही सवाल पूछा गया तब उसने जवाब दिया, 'काफी लाइट (Light) है।' लाइट यानी

हलका-फुलका, आसान। यह इलेक्ट्रिशियन की भाषा है।

जब दर्ज़ी से पूछा गया तो दर्ज़ी ने कहा, 'थोड़ा टाइट है।' टाइट यानी कठिन, व्यापार कठिनाई से चल रहा है। दर्ज़ी इससे अच्छा शब्द कह नहीं सकता।

लिफ्टमैन से जब पूछा गया तो उसने कहा, 'बहुत ऊपर-नीचे होता रहता है।' लिफ्टमैन की भाषा में व्यापार के उतार-चढ़ाव इसी तरह से बताए जा सकते हैं।

जिस तरह हर एक की भाषा अलग-अलग है, उसी तरह पैसे के बारे में भी लोग अपनी भाषा-परिभाषा के अनुसार अलग-अलग शब्द इस्तेमाल करते रहते हैं। अलग-अलग शब्दों से पैसे के बारे में गलत-सही मान्यताएँ बनती रहती हैं इसलिए लोग पैसे की चर्चा लगातार अपने तरीके से अलग-अलग कर रहे हैं।

दो बिज़नेस मैन मिलते हैं तो वे आपस में बिज़नेस की ही बातें करते हैं। उनका बिज़नेस कितना भी अच्छा क्यों न हो, वे यही कहते फिरते हैं कि 'कुछ तो ऊपर नीचे हो रहा है... मंदी चल रही है... आज-कल व्यापार में वह मज़ा नहीं रहा जो पहले हुआ करता था।' इस सोच के कारण व्यापार में हर तरफ मंदी की अवस्था बढ़ती रहती है। अच्छा व्यापार होने के बाद भी लोगों की ज़ुबान से 'सब बढ़िया चल रहा है' नहीं निकलता। उन्हें यह डर रहता है कि बढ़िया कहने से कहीं उनके व्यापार को नज़र न लग जाए।

लोग यह नहीं जानते कि हम जो शब्द कहते रहते हैं, वे हमारे अंदर वैसी भावना धीरे-धीरे तैयार करते रहते हैं। अच्छी भावनाएँ पैसे को आपके जीवन में आकर्षित करती हैं, निराशा और पैसे के प्रति चिंता की भावनाएँ पैसे को आपके जीवन से दूर ले जाती हैं।

अपना ध्यान अच्छी भावनाओं पर रखें और पैसे की परिभाषा अपने मन में बदल दें - 'पैसा सबके लिए है, भरपूर है, ईश्वर की रचनात्मकता है, मेरे जीवन में बढ़ रहा है।' ये शब्द आपकी भावनाओं पर अच्छा असर दिखाएँगे। कुछ समय उपरांत आप इनका असर अपने जीवन में देखना शुरू करेंगे। सुखद भावनाएँ एक चुंबक की तरह, हर अच्छी चीज़ को आपके जीवन में ले आती हैं।

आज के बाद आपके सामने कोई कहे कि काम नहीं है, मंदी है तो आप

उसे वहीं पर रोक दें। उससे कहें, 'मंदी का कारण आपका यह विचार हो सकता है और आपका नया विचार इसे दूर कर सकता है।' उसे बताएँ कि उसे सिर्फ एक नया विचार देना है, वह यह कि 'पहले काम नहीं था लेकिन अभी काम बढ़ना शुरू हुआ है'...'पहले मंदी थी लेकिन अब व्यापार खुल रहा है'...'पहले स्वास्थ्य ठीक नहीं था लेकिन अब तबीयत ठीक हो रही है।' सामनेवाला यह बात माने या न माने लेकिन आप तो इस बात की गाँठ बाँध लें।

बस! यही विचार क्रांति लाएगा। अगर आपने चाहा तो यह एक विचार पूरे जगत में एक दिन में पहुँच सकता है। यह विचार हर एक तक पहुँचाने की शुरुआत आप करें। आप जिसे यह विचार देंगे उसे भी कहें कि वह भी यही विचार बाकी लोगों तक पहुँचाए।

आप दुनिया बदल सकते हैं, सिर्फ इन सकारात्मक विचारों की श्रृंखला आगे बढ़नी चाहिए, पैसे की भाषा और परिभाषा बदलनी चाहिए।

कुछ लोग पैसे के मालिक होते हैं और
कुछ लोगों का पैसा मालिक होता है।

५

पैसे के बारे में तीन तरह के भ्रम

न भगवान, न शैतान

पैसे को न भगवान मानें, न शैतान,
न उसे फिजूल खर्च करें, न उसे दबाकर रखें,
न उससे दूर भागें बल्कि जागें।

हर इंसान पैसे के बारे में किसी न किसी भ्रम में लगा हुआ है, यह भ्रम यकीन में बदलता है, यकीन हकीकत में बदलता है और हकीकत समस्या में बदलती है।

पैसे के बारे में सोचनेवाले लोग तीन तरह के भ्रम में जीते हैं :

पहले : पैसे को ही 'सब कुछ' मानते हैं

कुछ लोग पैसे को ही सब कुछ मानते हैं इसलिए उसे दबाकर, छिपाकर रखना चाहते हैं। ऐसे लोगों के लिए पैसा ही सब कुछ होता है, वे पैसे को ही ईश्वर समझते हैं। उनके लिए रिश्ते-नातों का कोई मोल नहीं होता।

दो मित्र टेलिफोन पर आपस में बातें कर रहे हैं और बातों-बातों में पहला मित्र, दूसरे मित्र से कहता है, 'मुझे ५०० रुपए की ज़रूरत है।' दूसरा मित्र तुरंत कहता है, 'टेलिफोन की लाइन खराब हो गई है, मुझे कुछ सुनाई नहीं दे रहा है।' फिर पहला मित्र आवाज़ बढ़ाकर ज़ोर से कहता है, 'मुझे ५०० रुपए की ज़रूरत है।' दूसरा मित्र फिर भी कहता है, 'तुम क्या कह रहे हो, मुझे तो कुछ भी सुनाई नहीं दे रहा है... शायद फोन में कुछ गड़बड़ी हो गई है।'

टेलिफोन ऑपरेटर ने उनकी बातें सुनकर कहा, 'भाईसाहब, मुझे तो ठीक से सुनाई दे रहा है' तो दूसरे मित्र ने उससे कहा, 'यदि तुम्हें सुनाई दे रहा है तो तुम उसे ५०० रुपए दे दो।'

इस तरह जब देने की बात होती है तो सुनाई देना बंद हो जाता है और लेने की बात होती है तो सब कुछ सुनाई देता है। ऐसे लोग पैसे के अलावा कुछ सुनना नहीं चाहते मगर ये लोग नहीं जानते कि जिस पैसे को वे दबाकर रखते हैं, एक दिन वही पैसा उनकी मौत का कारण बन सकता है।

किसी की लॉटरी लगी हो और पैसे की लालच में लुटेरों ने उसी रात उसकी हत्या कर दी हो तो यह घटना अच्छी हुई या बुरी हुई? किसी की लॉटरी लगी थी, यह कितना अच्छा शगुन हो सकता था मगर लॉटरी उसके लिए मौत का साँप बन गई।

पैसे को छिपानेवाले लोग कंजूस होते हैं। उनकी सारी विचार शक्ति व बुद्धि गलत मार्ग खोलने में ही लगी रहती है। ऐसे लोग पैसे के मामले में बहुत सजग होते हैं परंतु वे अपनी बुद्धि का इस्तेमाल गलत दिशा में करते हैं।

एक कंजूस इंसान जब सुबह उठा तो उसने देखा कि उसकी पत्नी की मृत्यु हो चुकी है तो सबसे पहले वह दौड़ते हुए रसोईघर में गया और नौकर से कहा, 'आज एक ही इंसान का नाश्ता बनाना' यानी उसे पहले यही विचार आया कि कहीं दो लोगों का नाश्ता न बन जाए वरना एक नाश्ता बेकार हो जाएगा। पैसा बचाने के लिए उस इंसान का दिमाग कितना तेज चला लेकिन यह गलत दिशा थी।

एक इंसान केला खरीदने जाता है। वह दुकानदार से पूछता है, 'दो केले के कितने पैसे हुए?' दुकानदार जवाब देता है, '७५ पैसे।' वह इंसान फिर पूछता है, 'दो केले के ७५ पैसे, ठीक है अगर एक ही लिया तो?' दुकानदार ने कहा, '४० पैसे।' तो उस इंसान ने दूसरा केला लिया और दुकानदार से कहा, 'पहले केले के ४० पैसे तो दूसरे के ३५ पैसे हो गए....दोनों मिलाकर ७५ पैसे हो गए तो मुझे ३५ पैसेवाला, दूसरा केला चाहिए।'

केला खरीदनेवाले इंसान ने केवल ५ पैसे के लिए कितना सोचा! मगर इस सोच का आधा हिस्सा भी सत्य जानने के लिए इस्तेमाल किया होता तो उसके जीवन में सत्य जुड़ जाता, वह इंसान आत्मसाक्षात्कार प्राप्त कर चुका होता। इसका अर्थ पैसा उड़ाना है, ऐसा नहीं है और पैसा दबाना है, ऐसा भी नहीं है बल्कि पैसे के साथ

जोड़नी है, एक समझ – सही अण्डरस्टैण्डिंग। इस समझ से हम अपने विचारों को सही दिशा में लगा सकते हैं और सुविधा व सच्चे सुख में संतुलन बनाए रख सकते हैं।

दूसरे : पैसे को 'कुछ भी नहीं' मानते हैं

कुछ लोग पैसे को मिट्टी समझकर उड़ाते हैं और पैसे को कुछ नहीं समझते हैं। ये लोग लापरवाह और नासमझ होते हैं। उन्होंने पैसे पर कभी भी योग्य मनन नहीं किया होता है। जैसे एक इंसान ने एक भिखारी से कहा, 'यह लो १०० रुपए और बताओ तुम्हारी यह हालत कैसे हुई?' भिखारी ने कहा, 'पहले मैं भी बहुत अमीर था और आप ही की तरह दूसरों से सवाल पूछकर पैसे दिया करता था। इस तरह एक दिन मैं गरीब हो गया।' इससे समझें कि किस तरह वह इंसान पैसा उड़ा रहा है और फिजूल खर्ची कर रहा है।

तीसरे : पैसे से दूर भागते हैं

कुछ लोग पैसे को साँप समझकर उससे दूर भागते हैं। पैसे के बारे में गलत मान्यता रखते हैं, इस वजह से पैसा उनके लिए शैतान होता है। पैसे का स्पर्श भी उनका धर्म भ्रष्ट कर देता है।

इसलिए पैसे को न भगवान मानें, न शैतान। न उसे फिजूल खर्च करें, न दबाकर रखें। न उससे चिपके रहें, न उससे दूर भागें बल्कि जागें। पैसा, पैसा है, उसे इस्तेमाल करें और अगली ज़रूरत आने तक उसे भूल जाएँ। पैसा कमाएँ और पैसे को रास्ता बनाकर मंज़िल पाएँ।

जिस तरह कुर्सी इस्तेमाल कर लेने के बाद आप दिनभर कुर्सी के बारे में सोचते नहीं रहते। कुर्सी की फिर से ज़रूरत पड़ने पर ही आप कुर्सी के बारे में सोचते हैं। इसी तरह पैसे को अपने जीवन में योग्य स्थान दें, न कम, न ज़्यादा। पैसा हम इस्तेमाल करें, न कि पैसा हमें इस्तेमाल करे। इस योग्यता को प्राप्त करने के लिए सबसे पहले पैसे के बारे में १३ प्रचलित मान्यताएँ प्रकाश में लाएँ।

आप अपनी तनख्वाह से हमेशा थोड़ा
ज़्यादा ही काम करना सीखें तब प्रकृति
उस अतिरिक्त काम की भरपाई करेगी, जो भरपूर होगी।

पैसे की १३ मान्यताएँ

- पैसा कमाना कठिन है।
- पैसा लेकर लोग वापस नहीं करते।
- पैसा हाथ का मैल है।
- ज़्यादा पैसा, ज़्यादा समस्या।
- पैसा शैतान है... पैसा भगवान है।
- पैसा आता है मगर चला जाता है।
- लक्ष्मी पूजन के दिन दूसरों को पैसे नहीं देने चाहिए।
- पैसा आते ही दोस्त दुश्मन बन जाते हैं।
- पैसे से सब कुछ खरीद सकते हैं।
- ज़्यादा कमानेवाले अमीर होते हैं।
- हाथ में खुजली होने से पैसा मिलता है।
- पैसा, आनंद, समय इत्यादि कम है, जिसे बाँट नहीं सकते।
- जिसके पास ज़्यादा पैसा होगा वह कम आध्यात्मिक होगा।

६

पैसे की १३ मान्यताएँ

Money & Spiritualism

वह बहुत गरीब है, जिसके पास सिर्फ पैसा है,
जिसे ज्ञान, समझ, मित्र, रिश्ते और कला नहीं है।

इंसान का मन मान्यताओं का मटका है। मन कभी सच्चाई देखकर भी मानने को तैयार नहीं होता तो कभी बिना मनन किए कुछ बातें मान बैठता है। मान्यताओं के मटके को तोड़ने के लिए मन को सबसे पहले मानने से जानने की ओर ले जाएँ।

पैसे के प्रति मन के मटके में कौन सी १३ मान्यताएँ हैं? आइए, उन पर एक नज़र डालें। इन मान्यताओं पर मनन करके उनके पीछे छिपी सच्चाई जानें।

पैसे के प्रति १३ गलत मान्यताएँ

१) पैसा कमाना कठिन है।

२) पैसा लेकर लोग वापस नहीं करते।

३) पैसा हाथ का मैल है।

४) ज़्यादा पैसा, ज़्यादा समस्या।

५) पैसा शैतान है ... पैसा भगवान है।

६) पैसा आता है मगर चला जाता है।
७) लक्ष्मी पूजन के दिन दूसरों को पैसे नहीं देने चाहिए।
८) पैसा आते ही दोस्त दुश्मन बन जाते हैं।
९) ज़्यादा कमानेवाले अमीर होते हैं।
१०) हाथ में खुजली होने से पैसा मिलता है।
११) पैसा, आनंद, समय इत्यादि कम है, जिसे बाँट नहीं सकते।
१२) जिसके पास ज़्यादा पैसा होगा वह कम आध्यात्मिक होगा।
१३) पैसे से सब कुछ खरीद सकते हैं।

ऊपर दी गई मान्यताओं में से आप कौन सी मान्यता मानते आए हैं? आपकी पैसे के प्रति बनी हुई ये सभी मान्यताएँ टूट जाएँ तो आप सच्चे अमीर बन सकते हैं।

पैसे से सब कुछ खरीदा नहीं जा सकता क्योंकि प्रेम, सच्ची खुशी, संतुष्टि आत्मविकास करने से प्राप्त होती है, न कि पैसे से खरीदी जा सकती है। वह इंसान बहुत गरीब है, जिसके पास सिर्फ पैसा है। जीवन में केवल 'पैसा' यह एक ही दौलत नहीं है बल्कि अनेक दौलतें हैं - प्रेम, समय, ध्यान, ज्ञान ये दौलतें भी आपको प्राप्त करनी हैं।

पैसे के साथ लोगों की अलग-अलग मान्यताएँ हैं मगर यह मज़ेदार नियम है कि जिस चीज़ को आप मानते हैं, उसके सबूत आपको मिलते हैं और जब सबूत मिलते हैं तो मान्यता और बढ़ जाती है। मान्यता और बढ़ गई तो और बड़े सबूत मिलते हैं... बड़े सबूत मिलने पर मान्यता और गहरी होती जाती है। यही दुष्चक्र चलता रहता है और मान्यता इतनी पक्की हो जाती है कि पैसा आ भी रहा होता है मगर उसके साथ समस्या भी आ रही होती है।

✱ कुछ लोगों की यह समस्या है कि पैसा आता है मगर चला जाता है। इस मान्यता के पीछे असली कारण समझें। किसी की कम या ज़्यादा कमाई से यह न समझें कि वह इंसान गरीब है या अमीर है। एक की कमाई ज़्यादा है, मगर वह कुछ

बचाकर नहीं रखता, सब खर्च कर देता है। हकीकत में वह गरीब है। दूसरे की कमाई कम है लेकिन उसके पास कुछ टिकता भी है, वह अपनी आमदनी से १०% बचा पाता है।

हकीकत में वह अमीर है जो बचा पाता है, न कि वह जिसकी कमाई ज़्यादा है। 'ज़्यादा कमाई तो ज़्यादा पैसे' यह केवल मान्यता है, सत्य नहीं है।

* पैसे के बारे में एक और मान्यता यह भी है कि 'ज़्यादा पैसा - कम अध्यात्म' यानी जो ज़्यादा पैसा कमाता है, उनका ध्यान अध्यात्म से छूट जाता है या वे यह सोचते हैं कि अध्यात्म में जाएँगे तो हमारा पैसा कम हो जाएगा, मगर ऐसा नहीं है। असली अध्यात्म की समझ द्वारा आप पैसे का सही इस्तेमाल करना सीखते हैं, पैसे का आदर करते हैं, पैसे में ब्लॉक्स नहीं डालते, पैसे के प्रति मालकियत की भावना से और चिपकाव से मुक्त होते हैं। असली अध्यात्म जानकर आप पैसे के चौकीदार नहीं, मालिक बनते हैं।

* लोगों में यह भी मान्यता है कि पैसा आते ही दोस्त, दोस्त नहीं रहते, रिश्ते बिगड़ जाते हैं। सच्चाई यह है कि अप्रशिक्षित इंसान पैसा आते ही उसे सँभाल नहीं पाता, उससे गलतियाँ होने लगती हैं। इस वजह से वह अपने मित्रों, रिश्ते-नातों को सँभाल नहीं पाता। समस्या पैसा नहीं, प्रशिक्षण (ट्रेनिंग) की कमी है। दोष हर बार पैसे का नहीं होता, पैसा तो एक मशीन है जिसे चलाने का प्रशिक्षण लेना होगा।

कुछ लोग पैसे को ईश्वर मानते हैं... कुछ शैतान समझते हैं... कुछ हाथ का मैल समझते हैं इत्यादि। ये सब गलत धारणाएँ हैं। जो हाथ का मैल कह रहे हैं, वे भी गलत कह रहे हैं। जो पैसे को भगवान या शैतान मान रहे हैं, वे भी गलत कह रहे हैं। सभी अधूरे ज्ञान या अधूरे अज्ञान से ये बातें फैला रहे हैं।

पूर्ण ज्ञान यह समझ देता है कि पैसा रास्ता है, मंज़िल नहीं। इसके द्वारा हमें कहीं पहुँचना है। एक मिनट के लिए आप यह सोचकर देखें कि आपके जीवन में पैसा रास्ता है या मंज़िल है। रास्ता यानी उसका इस्तेमाल करते हुए हमें कहीं पहुँचना है। पैसे को मंज़िल मान लेना यानी सिर्फ पैसा कमाना ही अंतिम लक्ष्य है।

अपने आपसे ईमानदारी से पूछें कि हमारा लक्ष्य क्या है? जिन लोगों को

लगता है कि पैसा रास्ता है, मंज़िल नहीं, वे अपनी मंज़िल के लिए अवश्य काम करें और जिन्हें अभी यह पक्का नहीं है, वे इस पर अवश्य सोचें क्योंकि यह आपके जीवन का एक महत्वपूर्ण निर्णय होगा।

* कुछ लोगों की यह मान्यता है कि हाथ में खुजली होने से पैसा मिलता है तो इसे इस तरह समझें कि ९०% से ज़्यादा क्रियाएँ हाथों द्वारा होती हैं। पैसा कमाना हाथों की मेहनत से जोड़ा गया है। काम करनेवाले हाथ जब खाली रहते हैं तो उनमें पीड़ा अथवा अप्रिय संवेदना महसूस होती है, जिसे हाथ की खुजली कहा गया है। ऐसे हाथ जल्द से जल्द किसी काम से जुड़ना चाहते हैं और काम होने से पैसा मिलना स्वाभाविक है इसलिए ऐसी मान्यता बन गई।

पुराने समय में आधुनिक मशीनें न होने की वजह से हाथों द्वारा ज़्यादा काम हुआ करता था लेकिन आज के युग में हाथों की मेहनत कम हो चुकी है। कड़ी मेहनत करनेवाले हाथों में ही ऐसी संवेदना उत्पन्न होती है। जो मान्यता पुराने समय में सही मानी जा सकती थी, वह आज गलत सिद्ध हो चुकी है इसलिए मान्यताओं को समझें, उन्हें गले का फँदा न बनने दें।

पैसा अपने आपमें कोई गलत चीज़ नहीं है। जिस तरह आपके रसोईघर में छुरी होती है तो आप यह नहीं कहते हैं कि 'यह छुरी अच्छी है... या बुरी है।' आप उस छुरी से सब्ज़ी काटते हैं। सब्ज़ी कट गई तो उसे बाजू में रख देते हैं, न कि जेब में लेकर घूमते हैं। छुरी के बारे में हम यह नहीं कहते कि यह रसोईघर का मैल है (जैसे हम पैसे को हाथ का मैल कहते हैं)। चोर अगर किसी को छुरी से मारता है तो यह नहीं कहते कि चोर के लिए छुरी उसके हाथों का मैल है क्योंकि चोर के लिए छुरी मैल नहीं, जेल है।

ऊपर दी गई समझ अनुसार पैसे का उपयोग करें – **'पैसा हाथ का मैल है, पैसा भगवान है, पैसा शैतान है या पैसा समस्या है'**, यह कहने की ज़रूरत नहीं है बल्कि उसका सही इस्तेमाल करने की ज़रूरत है।

पैसे के साथ मालकियत की भावना (आसक्ति) बन जाती है, जो इंसान को गुलाम बनाती है। यह भावना दूर करें। ईश्वर के आगे यह कहकर, 'तन-मन-धन

सब है तेरा' समर्पण करने का अर्थ है कि हमने मालकियत की भावना को समर्पित किया है। मालकियत की भावना से ही दुःख निर्माण होता है। पृथ्वी पर अनेक जातियों ने राज्य किया है लेकिन उस धन-दौलत और ख़ज़ाने का कोई भी मालिक नहीं बन पाया है। मालकियत की चाह में इंसान अनेक दुःखों को आमंत्रित करता है। यही भावना पैसे की चिंता का कारण बनती है इसलिए इस भावना से मुक्ति पाएँ।

इंसान ने अपने चारों तरफ जो मर्यादा डाल दी है कि यह मेरा है… यह तेरा है… यह मेरा देश… यह तेरा देश… यह मेरा पेड़… यह तेरा पेड़, वह मर्यादा समस्या को जन्म देती है। ऐसा कहकर सब कुछ भरपूर होते हुए भी हमें कम लगता है। जितने फल हैं, उतने अगर बाँट दिए जाएँ तो किसी को खाने की कमी नहीं होगी। सिर्फ हर चीज़ पर जो मालकियत की भावना इंसान में पनप रही है, वह टूटे। ईश्वर ने सब कुछ भरपूर बनाया है, आप केवल अपनी ज़रूरत को पहचानें और मिल-बाँटकर हर एक की ज़रूरत पूरी करें।

जीवन गिरकर सँभलना नहीं बल्कि गिरना,
सँभलना, उठना और खाली हाथ नहीं उठना
बल्कि कुछ लेकर उठना जीवन है।

७

पैसा ज़रूरत बने, चाहत नहीं

'ज' कि 'च'

यदि दूसरों को देखकर आप निर्णय लेते हैं और
खरीददारी करते हैं तो आपके लिए
दिवाली दिवाला बन सकती है।

क्या इंसान ज़रूरत को छोड़कर चाहत को पूरा करने के लिए दुःख को अपने जीवन में आमंत्रित कर सकता है? जी हाँ, इंसान ऐसा कर सकता है। इंसान के इस व्यवहार के पीछे कारण है, तुलना का तोता। तुलना का यह तोता लगातार इंसान के अंदर यह कहता रहता है, 'सामनेवाले के पास जो है, उससे कम मेरे पास क्यों है?'

लोग केवल तुलना की वजह से, दूसरों के पास कुछ चीज़ें देखकर, स्वयं के लिए वे चीज़ें खरीदते हैं, जिनकी उन्हें आवश्यकता भी नहीं होती। ऐसे समय में आपको अपने आपसे सिर्फ एक सवाल पूछना है, 'यह चीज़ खरीदना मेरी ज़रूरत है या चाहत है?' **ज़रूरत** यानी वाकई उस चीज़ की आपको आवश्यकता है, वह चीज़ आपको चाहिए ही। उस वस्तु के बिना आप आगे नहीं बढ़ सकते। ज़रूरत, चाहत से अलग होती है।

चाहत का अर्थ है- जो चीज़ सिर्फ मन को अच्छी लग रही है या किसी ने खरीदी है इसलिए खरीदनी है। सिर्फ तुलना की वजह से लोग वे चीज़ें खरीदते हैं,

पैसा ज़रूरत बने, चाहत नहीं

जिनकी उन्हें उस वक्त आवश्यकता नहीं होती।

जब भी आप कोई चीज़ खरीदने जाएँ तो अपने आपसे एक ही सवाल पूछें 'ज कि च?' ज़रूरत कि चाहत? अगर जवाब आए 'च (चाहत)' तो दूसरा सवाल पूछें, 'मेरी जो भी ज़रूरतें हैं, बच्चों को कुछ चीज़ चाहिए, पुस्तक चाहिए या घर में किसी को दवाई चाहिए, क्या वे पूरी हो चुकी हैं?' पहले ज़रूरतें पूरी करें। चाहत पर भी जाएँगे, ऐसा नहीं है कि चाहत पूरी नहीं करेंगे मगर पहले ज़रूरत पूरी हो जाए।

खरीददारी करते वक्त अपने आपसे ज़रूर पूछें 'ज' कि 'च'

इस तरह 'ज कि च' पूछने से आपको आश्चर्य होगा कि एक ही सवाल से पैसे के बारे में आपकी आधी समस्या हल हो जाएगी क्योंकि ऐसा पूछने से सही व ज़रूरी खरीददारी होगी।

किसी भी तरह की खरीददारी करते वक्त यह जाँचें कि सिर्फ पड़ोसी ने वह वस्तु खरीदी है इसलिए आप भी खरीदना चाहते हैं या वाकई में वह वस्तु आपकी ज़रूरत है। अगर वह वस्तु आपकी ज़रूरत है तो ज़रूर खरीददारी करें और अगर आपको उसकी ज़रूरत नहीं है तो रुकें और 'ज या च' सूत्र का इस्तेमाल करें।

इस सूत्र का इस्तेमाल करके आपको अपनी उच्च इच्छा को छोटी चाहतों से बचाना है वरना पूरा जीवन बीतने के बाद लोग कहते हैं, 'मेरी हमेशा से यह उच्च इच्छा थी कि मैं ऐसा-ऐसा करूँ मगर मुझे कभी समय नहीं मिला और न ही उन इच्छाओं को पूरा करने के लिए मुझसे पैसों की बचत हो पाई। अतः मेरी वह उच्च इच्छा वैसी की वैसी ही रह गई।' कई बार इंसान बड़े त्याग आसानी से कर लेता है लेकिन अपनी छोटी चाहतों में सजग नहीं रह पाता। वह छोटी-छोटी चाहतों के बहकावे में अपने उच्च लक्ष्य से वंचित रह जाता है।

यह आपको तय करना है कि आप कौन सी इच्छाएँ पूरी करना चाहते हैं। एक 'अहंकार' की इच्छा होती है और एक 'सत्य (सेल्फ)' की इच्छा होती है। जब आप अपने बजट यानी रक्षा मंत्री को अपने सामने लाएँगे, तब उन इच्छाओं को पैसों के नौ हिस्सों से बाँटकर पूरा कर सकेंगे। अपने बजट के नौ हिस्सों में आप यदि चाहें तो सभी ज़रूरी (ज) खर्च बिठा सकते हैं। जैसे समय नियोजन करनेवाले उपलब्ध समय में सारे काम योग्य रीति से कर पाते हैं, वैसे ही उपलब्ध धन के अनुसार ज़रूरतों को पूरा किया जा सकता है। ज़रूरतों के लिए भरपूर धन उपलब्ध है लेकिन लालच के लिए हमेशा कम है, लोभ का कोई अंत नहीं। शुरू-शुरू में आपको यह विधि अपनाने में कुछ अड़चन महसूस होगी परंतु जल्द ही आप देखेंगे कि यह करना संभव हो सकेगा।

टी.जी.एफ. का एक विद्यार्थी, जो यह तकनीक जानता था, विदेश से इंडिया वापस आ रहा था। सभी जानते हैं कि विदेश से आनेवाले इंसान के बारे में उसके परिवारजनों, मित्रों, सगे-संबंधियों की बहुत सारी अपेक्षाएँ होती हैं कि वह फलाँ डेक, कैमरा, कपड़े लेकर आएगा... कुछ बहुमूल्य लेकिन सस्ती चीज़ें लेकर आएगा... वह यह-यह तो पक्का लेकर आएगा... यह तो निश्चित लाएगा ही।

वह जब विदेश में खरीददारी करने गया तो उसे यह पंक्ति याद आई कि 'क्या यह मेरी ज़रूरत है या चाहत है?' जिसका उत्तर उसे खरीददारी करते वक्त मिल रहा था। अपने आपसे ईमानदारी से सवाल पूछेंगे तो उत्तर आएगा ही। 'ज कि च' पूछने की वजह से उसने वे चीज़ें नहीं लीं जो केवल उसकी चाहत थीं। वह इंसान यह सोचकर आज भी खुश है कि 'अच्छा हुआ उस वक्त मैंने सही निर्णय लिया।'

आप यह एक छोटी सी आदत अपने स्वभाव में डालें - जब भी कोई काम

करने जा रहे हैं, कोई भी चीज़ खरीदने जा रहे हैं, तब अपने आपसे एक ही सवाल पूछें 'ज' कि 'च' ज़रूरत कि चाहत? ज़रूरत है तो ज़रूर खरीदें मगर लगे कि चाहत है तो वहीं रुक जाएँ। ऐसा करने से आपको आश्चर्य होगा और आगे चलकर आप ही अपने आपको शाबाशी देंगे कि 'अच्छा हुआ मैंने सही समय पर सही निर्णय लिया और इतने पैसों की बचत हुई वरना मेरे द्वारा बेहोशी में कितना कुछ खरीदा जा रहा था, जिसकी ज़रूरत ही नहीं थी।' इसका अर्थ ऐसा भी नहीं है कि चाहत पूरी नहीं करनी है। चाहत ज़रूर पूरी करें मगर ज़रूरत पूरी होने के बाद।

जब आप अपने आपसे ईमानदारी से पूछेंगे कि 'मेरा पड़ोसी फलाँ-फलाँ चीज़ खरीदकर लाया है और भी हज़ार चीज़ें खरीद रहा है, इसलिए मैं भी वे चीज़ें खरीद रहा हूँ या वाकई मेरी ज़रूरतें पूरी होने के बाद मैं खरीद रहा हूँ? तो जवाब अवश्य आएगा, शायद आपके पड़ोसी की ज़रूरतें पूरी हो चुकी हैं, अब वह अपनी चाहत पूर्ण कर रहा है मगर आप अपनी ज़रूरत पूरी होने पर ही चाहत पूरी करें। तुलना के तोते को चुप रहने का संकेत देना सीखें। 'ज कि च' कहने से यह तोता चुप हो जाता है।

इस तरह एक छोटा सा और सीधा सवाल 'ज' कि 'च' आपको जागृत कर सकता है। ऐसा न हो कि आपके निर्णय नासमझी से हो रहे हों। यदि दूसरों को देखकर आप निर्णय लेते हैं और खरीददारी करते हैं तो आपके लिए दिवाली दिवाला बन सकती है। लोग दूसरों को देखकर पैसे उड़ाते हैं, ऐसा हमारी ज़िंदगी में कभी भी न हो।

दिवाली और शादी-ब्याह में लोग बहुत सारी खरीददारी दूसरों को देखकर तथा दूसरों के कहने पर, बिना सोचे-समझे कर लेते हैं और बाद में पछताते हैं। 'ज कि च' सवाल आपको ऐसे मौकों पर भी सजग करने के लिए काम करता है। ज़रूरतों और चाहतों के बीच धन का बहाव किस तरह हो, यह जानकारी इकट्ठा करें।

जितने फल हैं, उतने अगर बाँट दिए जाएँ तो किसी को खाने की कमी नहीं होगी।
मालकियत की भावना जो इंसान में पनप रही है, वह टूटे।
ईश्वर ने सब कुछ भरपूर बनाया है, आप केवल अपनी ज़रूरत को पहचानें
और मिल-बाँटकर हर एक की ज़रूरत पूरी करें।

८

पैसे का बहाव हो
निसर्ग का नियम

पैसा आदान-प्रदान करने का आसान तरीका है।
इस हाथ दें, उस हाथ लें।

जो लोग पैसे को दबाते हैं, छिपाते हैं, पैसे के बारे में बिलकुल नहीं सोच पाते हैं, उनके जीवन में पैसे का बहाव रुक जाता है। रुका हुआ पैसा उसी तरह बन जाता है, जैसे रुका हुआ पानी। तालाब में जब पानी बहता है, तब उसमें दुर्गंध नहीं होती लेकिन जिस पानी का बहाव रुक जाता है, उसमें दुर्गंध आने लगती है।

पैसा जब बहता है तो वह ताज़ा, फ्रेश रहता है। पैसे का बहाव होना यानी सिर्फ खर्च करना नहीं है बल्कि पैसा ऐसी जगह पर खर्च हो, जहाँ से वह बढ़कर आए या ऐसी वस्तुएँ लाएँ जो विकास का कारण बनें। विकास के साथ पैसा अपने आप बढ़ने लगता है। ऐसा हो तो बहाव का सीधा चक्र पूर्ण होता है।

इसका अर्थ कोई यह भी न सोचे कि पैसे का बहाव होना यानी जो पैसा चला गया वह वापस नहीं आता बल्कि वह वापस कई गुना बढ़कर आता है। निसर्ग का यह नियम है - 'जो चीज़ आप देते हैं, वह बढ़कर आपके पास वापस आती ही है' तब ही इस प्रक्रिया (सर्किट) की पूर्णता होती है।

किसी भी क्षेत्र में देखेंगे तो यही नियम काम कर रहा है। आज तक जो भी

आप देते आए हैं, वह आपको वापस मिला है। आपने अच्छे शब्द दिए तो आपकी तरफ अच्छे शब्द लौटकर आए, आपने दूसरों को प्रेम दिया तो आपको प्रेम मिला, आपने किसी की मदद की तो आपको मदद मिली। आपने किसी के लिए प्रार्थना की तो उसका फल आपको भी मिला। किसी ने, किसी को गाली दी तो उसे वापस गाली ही मिली।

जिस तरह एको पॉईंट पर लोग आवाज़ें लगाते हैं और वही आवाज़ लौटकर आती है या बूमरेंग नाम का हथियार फेंका तो वह वापस लौटकर आता है, वैसे ही जीवन का यह नियम है– जो आप देंगे वही आपको मिलेगा। आप शुभ विचार (हॅपी थॉट्स) देते हैं तो वे ही विचार लौटकर आपकी तरफ लौटते हैं। ऐसा होता ही है, यही हकीकत है, चाहे आप मानें या न मानें क्योंकि कुदरत के नियम किसी के मानने या न मानने पर निर्भर नहीं हैं, वे सत्य हैं।

पैसा कमाने के लिए मेहनत से भागें नहीं, जागें। हर चीज़ आपके पास आ ही रही है। पहले आप उन चीज़ों को लेने के लिए सजग नहीं थे इसलिए वे चीज़ें आपके पास नहीं पहुँच रही थीं। अब उन चीज़ों को प्राप्त करने के लिए जागें और अपना आलस मिटाएँ। जब आप जागेंगे, तब आपको पता चलेगा कि छोटी-छोटी बातों की ओर हमने कभी ध्यान नहीं दिया था इसलिए पैसे की समस्या हमेशा बनी रही। अब अगर इन नियमों का पालन करेंगे, जैसे कि – बजट बनाना, अपने लिए एक हिस्सा रखना, 'ज' कि 'च' सवाल पूछना, पैसे के बहाव के नियम का पालन करना तो आपकी पैसे की समस्या दूर हो जाएगी। पैसे का बहाव किस तरह असरदार साबित होता है, उसे आगे दिए गए उदाहरण द्वारा आत्मसात करें।

एक बाज़ार में अलग-अलग तरह की दुकानें हैं। हर दिन दुकानदार अपने-अपने दुकान पर, सही समय पर आकर बैठते हैं। एक दिन एक भी ग्राहक उस बाज़ार में नहीं आया। सारे लोग एक-दूसरे का मुँह ताक रहे थे। क्या करें, क्या न करें, किसी को सूझ नहीं रहा था। तभी अचानक एक दुकानदार के मन में विचार आया। वह उठकर दूसरी दुकान पर गया, वहाँ से उसने अपने लिए कोई चीज़ खरीद ली। दूसरे दुकानदार का बिज़नेस हो गया। जिसका बिज़नेस हुआ उसने सोचा, 'क्यों न मैं भी अपने घर के लिए कोई चीज़ खरीद लूँ।' वह किसी और दुकानदार के पास

गया और कोई चीज़ खरीद ली। इस तरह सभी दुकानदारों ने एक-दूसरे की दुकान पर जाकर खरीददारी की। बिना किसी ग्राहक के भी सिर्फ पैसे के बहाव के कारण हर एक के साथ पैसे मिलना, पैसे देना, फिर से पैसे मिलना हुआ, वर्तुल पूर्ण हुआ और हर इंसान खुश हुआ।

जिस समाज में पैसा रुक जाता है वह आगे नहीं बढ़ पाता, जिस समाज में पैसा बहता है, सर्क्युलेट होता है, वह समाज विकास करता है। जो लोग यह नियम जानते हैं, वे ही पैसे का सही इस्तेमाल करते हैं, जो लोग नहीं जानते वे जीवनभर डर के मारे पैसे के चौकीदार बने रहते हैं।

रक्त और पैसा एक समान ही हैं,
दोनों को बहते रहना चाहिए।

९

पैसे के मालिक बनें, चौकीदार नहीं

जीवन का मालिक कौन

जो दे सकता है वह मालिक है, जो नहीं दे सकता वह चौकीदार का काम करता है।

कुछ लोग पैसे के मालिक होते हैं और कुछ लोगों का पैसा मालिक होता है। एक बैल को रस्सी से बाँधकर ले जानेवाला इंसान बैल का मालिक है या बैल उस इंसान का मालिक है? इसका पता यदि लगाना हो तो रस्सी को काटकर देखें। कौन किसके पीछे भागता है - बैल इंसान के पीछे या इंसान बैल के पीछे?

एक राज्य के राजा ने जब यह खबर सुनी कि राज्य में एक महाकंजूस रहता है तो राजा ने ऐलान करवाया कि सबसे बड़े कंजूस को इनाम दिया जाएगा। इनाम में सबसे बड़े कंजूस को राजा की आधी दौलत दी जाएगी। उस महाकंजूस ने भी इस प्रतियोगिता में भाग लिया और वह जीत गया। राजा ने उसे बुलाकर बताया कि 'आज से मेरी आधी दौलत तुम्हारी। तुम राज्य का इतना बड़ा खज़ाना घर पर क्यों ले जाते हो, तुम्हें उसे रखने के लिए नई जगह बनानी पड़ेगी, जिसमें काफी खर्च होगा। तुम अपनी सारी दौलत लेकर आओ, उसे राज्य के खज़ाने के साथ रखो और उसे तुम ही सँभालो। मेरी जो आधी दौलत है? उसमें से मुझे जब-जब ज़रूरत होगी, मैं ले लूँगा, तुम्हें बना बनाया खज़ाने का स्थान मिल जाएगा।' वह इंसान बड़ा खुश हुआ। उसने राजा के खज़ाने के साथ अपनी दौलत भी लाकर रख दी।

मंत्री ने राजा से पूछा, 'आपने ऐसा क्यों किया? आपने पूरा ख़ज़ाना ही उसे दे दिया।' तब राजा ने भेद खोला, 'हाँ, हमें जब भी ज़रूरत पड़ेगी, हम अपने आधे ख़ज़ाने से लेते जाएँगे। वैसे भी यह इंसान और कितने साल जीनेवाला है और हमें अच्छे चौकीदार की भी ज़रूरत है, जिसके लिए यह इंसान बिलकुल योग्य है। यह एक पैसा भी खर्च नहीं करेगा। तुम्हें ऐसा लगता है कि हमने आधा ख़ज़ाना उसे दे दिया है मगर ऐसा नहीं है। हमें मुफ्त में चौकीदार मिल गया है, जिसे तनख्वाह भी देने की ज़रूरत नहीं। वरना ख़ज़ाने की चौकीदारी के लिए चौकीदार को तनख्वाह देनी पड़ेगी और उस पर किसी को चौकीदारी करनी पड़ेगी कि कहीं उसकी नीयत न खराब हो जाए। यहाँ तो नीयत भी अच्छी है और बेचारा रातभर जागता रहता है। उठकर बीच–बीच में देखता है कि कहीं कोई चोर तो नहीं आया। मुफ्त में इतना अच्छा चौकीदार हमें मिल गया है।'

इस कहानी से समझें कि जो मालिक होता है वही दे सकता है, चौकीदार सिर्फ चौकीदारी ही करता है। जैसे आपको किसी ने अमानत के तौर पर पेन दिया हो तो वह पेन आप किसी और को नहीं देते क्योंकि आप उसके मालिक नहीं हैं। आपका पेन हो तो आप दे सकते हैं क्योंकि आप उसके मालिक हैं। **जो दे सकता है, वह मालिक है, जो नहीं दे सकता, वह चौकीदार का काम करता है।**

जो चीज़ आप दे सकते हैं आप उसके मालिक होते हैं, जो चीज़ नहीं दे सकते, उसके आप चौकीदार होते हैं। आप अपने जीवन के मालिक हैं या चौकीदार? जो जीवन दूसरों के लिए जीया जाता है, उसके आप मालिक होते हैं।

'आप जो देते हैं, उसी से विकास होता है
और जो लेते हैं, उससे मात्र गुज़ारा होता है।'

पैसे से संबंधित प्रकृति का महान नियम कहता है, 'आप जो देते हैं, उससे आपको लाभ मिलता है।' यह लाभ आपके विकास से संबंधित है। आप जो वक्त, पैसा, मदद, प्रेम, ध्यान, तारीफ, भोजन, ज्ञान दूसरों को देते हैं, उसी से आपका विकास होता है और आप जो लेते हैं, उससे आपका मात्र गुज़ारा होता है।

इंसान तर्क से यह सोचता है कि जब वह कुछ लेगा तो उसका विकास होगा,

उन्नति होगी मगर प्रकृति का नियम कहता है, 'जो आप देते हैं, वह आपका विकास करता है, वह आपको लाभ देता है।' यह प्रकृति का नियम सुनकर पहले आपको अतार्किक लगेगा, आपके बुद्धि को नहीं भाएगा मगर बाद में जब नियम का प्रयोग करने के बाद सच्चाई सामने आएगी, तब आपको पता चलेगा कि वाकई में ऐसा ही है। आपने इस नियम का अनजाने में उपयोग भी करके देखा है। आज तक आपने जो दिया है, उससे आपका शारीरिक, मानसिक, सामाजिक, आर्थिक और आध्यात्मिक विकास हुआ है। प्रकृति का नियम यह भी कहता है कि 'आप वही दे सकते हैं, जो आपके पास कुदरत की अमानत है।' आप अपनी चीज़ किसी को देंगे तो वह लौटकर, कई गुना बढ़कर, मल्टिप्लाय होकर आपके पास वापस आएगी।

इस पृथ्वी पर केवल पैसे की दौलत नहीं है। केवल पैसे की दौलत पाकर कोई दौलतमंद नहीं बनता। इस पृथ्वी पर पैसे की दौलत के अलावा प्रेम, ध्यान, साहस, निडरता, सेहत की दौलत भी उपलब्ध है। इंसान को ये अलग-अलग दौलतें दी गई हैं। इंसान अगर प्रेम की दौलत, ध्यान की दौलत, समय की दौलत और साहस की दौलत प्राप्त नहीं करता और केवल पैसा कमाना ही अपना लक्ष्य मान लेता है तो जीवन के अंत में वह बड़ा पछताता है। इसलिए आज से ही पैसे की प्राप्ति के साथ प्रेम की पूँजी, ध्यान की दौलत, समय की संपत्ति, निडरता की नकद और सेहत के सिक्के पाने का राज़ सीख लें।

यह प्रकृति का नियम आपको स्पष्ट रूप से बताता है कि पैसा आपके जीवन में कैसे आए। इस नियम का उपयोग करने के बाद आपके जीवन में पैसा बढ़ेगा और आपका संपूर्ण विकास होगा।

इस नियम के अनुसार आपके पास देने के लिए क्या है, यह अगर आप सोचेंगे तो आपको पता चलेगा कि आपके पास प्रेम, समय, ध्यान, पैसा और देने का भाव है। ये चीज़ें आपके पास जितनी भी हैं, वे आपको सही मात्रा में बाँटनी हैं, प्रकृति के द्वारा कई गुना बढ़ाकर प्राप्त करनी हैं, फिर बाँटनी हैं। इस तरह समृद्धि की अभिव्यक्ति अपने जीवन में करनी है।

इस प्रकृति के नियम का उपयोग करने के लिए पहले आपको समझना है कि आपके पास कुदरत की क्या अमानत है? आपको क्या देना है? किसे देना है? आप

कौन हैं? देनेवाला कौन है?

आपके जीवन में जो चीज़ें आ रही हैं, उसका प्रतीक पैसा है। पैसा चीज़ों की लेन-देन में आसानी देता है। पुराने समय में लोग गेहूँ के बदले में चावल दे दिया करते थे और ऐसा सौदा करने के लिए गेहूँ का बोरा लेकर घूमते थे। आज लोग बोरे के बजाय पैसे लेकर घूमते हैं इसलिए लेन-देन में आसानी हुई है। पैसा व्यवहार में आसानी और सुविधा के लिए है मगर आज लोग पैसे की पहचान भूल गए हैं इसलिए पैसा मंज़िल बन बैठा है।

अब समय आया है फिर से पैसे की समझ प्राप्त करें और इस महत्वपूर्ण प्रकृति के नियम पर काम करके अपना व दूसरों का विकास करें।

प्रकृति के इस नियम की गहराई प्राप्त करने के बाद जब आपसे कोई कुछ माँगेगा तब आप उन्हें आसानी से दे पाएँगे। फिर चाहे वह दान हो, योगदान हो, समय दान हो, प्रेम दान हो, ध्यान दान हो या पैसे का दान हो। ऊपर दिए गए सारे दान इंसान को समाधान देते हैं।

आप पैसे का दान भी बड़ी आसानी से इसलिए कर पाएँगे क्योंकि आपने बजट बनाया है और उसे कलमबद्ध भी किया है। आपने मैजिक बॉक्स* बनाया है और उसका इस्तेमाल भी कर रहे हैं इसलिए आपके लिए दान करना संभव है।

समृद्धि के इस कार्य में अगर आप निरंतरता और निष्ठा से लगे रहें, उसे बचत के पानी से सींचते रहें तो बहुत जल्द ही समृद्धि का महान वृक्ष तैयार हो जाएगा, जिसकी छाँव में आप ध्यान, आनंद, आराम ले पाएँगे तथा दूसरों के लिए समृद्धि की राह पर चलने की प्रेरणा बन पाएँगे।

नोट : मैजिक बॉक्स* का स्पष्टिकरण पढ़ें अध्याय १६ में

१०

पैसे में ब्लॉक्स न डालें

रक्त और पैसा

आप पैसेवाले बनना चाहते हैं और पैसेवाले से नफरत कर रहे हैं तो कैसे पैसेवाले बनेंगे?

पैसे के बहाव में सबसे बड़ी रुकावट है, पैसे के बारे में चिंता। पैसे के बारे में चिंतन जब चिंता में बदल जाता है, तब चिंता का विचार हमारे पास आनेवाली दौलत के बीच में रुकावट (ब्लॉक) बनता है।

जीवन में पैसे का बहाव जितना ज़रूरी है, उतना ही नुकसानकारक रुका हुआ पैसा है, जो ब्लॉक है, क्लॉट है। हमारे शरीर में रक्त संचरण के दौरान रक्त शुद्ध होता है, स्वच्छ होता है मगर जैसे ही रक्त में गाँठ आ जाती है तो रक्त संचरण प्रभावित हो जाता है। पूरे शरीर पर उसका असर पड़ता है, जिससे अनेक बीमारियाँ होती हैं, हार्ट अटैक होता है।

पैसे के साथ भी यही होता है। पैसे के बहाव में एक छोटा सा कंकड़ (ब्लॉक) भी आनेवाले पैसे के बहाव को रोकता है। **रक्त और पैसा एक समान ही हैं, दोनों को बहते रहना चाहिए।** एक कंजूस इंसान पैसे के बहाव में इसी प्रकार की रुकावट है, क्लॉट है, जो पैसे के प्रवाह को रोककर रखता है।

किसी ने रेडियो पर गाने सुनने के लिए विविध भारती ट्यून किया हो और कोई

आकर बटन घुमाकर कहे, 'गाना क्यों नहीं सुनाई दे रहा है' तो आप उससे यही कहेंगे, 'वह रेडियो पहले से ही ट्यून था, तुमने बटन घुमाकर उसे मिस-ट्यून कर दिया।' वैसे ही हर एक के पास पैसा आ ही रहा है मगर लोग उसे मिस-ट्यून कर रहे हैं यानी पैसे के बहाव में ब्लॉक्स डाल रहे हैं।

पैसे में किस तरह से रुकावट डाली जाती है, इसे नीचे दिए उदाहरणों से समझें।

* एक इंसान अपने मित्र को बताता है, 'आज मैं एक दुकान में गया था, दुकानदार को ५० रुपए का नोट दिया, उसे लगा कि मैंने १०० रुपए दिए। उसने ४० रुपए की चीज़ दी और ऊपर से ६० रुपए भी वापस दिए। फिर मैं वहाँ से खिसक गया, यह सोचकर कि कहीं फिर से उसे याद न आ जाए।'

* एक इंसान जो बस से सफर कर रहा था, उसने बताया, 'कंडक्टर आने से पहले मेरा स्टॉप आ गया, मैं उतर गया और मेरे तीन रुपए बच गए' यानी उसने ३ रुपए का ब्लॉक, ३ रुपए का कंकड़, ३ रुपए की रुकावट अपने जीवन में डाली। अब उसे पता नहीं कि ३ रुपए की रुकावट उसके ३० रुपए रोकेगी, ३००० रुपए रोकेगी या ३०,००० रुपए रोकेगी। छोटा सा कंकड़ भी बड़ी

३ रुपए का कंकड़, ३ रुपए की रुकावट अपने जीवन में न डालें

47   पैसा रास्ता है, मंज़िल नहीं

पैसे में ब्लॉक्स न डालें

रुकावट डालता है।

* एक इंसान अपने मित्रों को मज़े से बता रहा था, 'कल मैं सिनेमा देखने गया था, गलती से २ टिकट दे दी गई तो एक टिकट मैंने ब्लैक में बेची। मुफ्त में सिनेमा देखा और साथ में वड़ा-पाव और चाय का बंदोबस्त भी हो गया, बहुत मज़ा आया।'

* एक इंसान जिसे बिज़नेस में बहुत बड़ा नुकसान हुआ। उसे लाखों रुपयों का कर्ज हो गया। उसके वकील ने उसे सलाह दी, 'तुम मुझे ५०,००० रुपए दो, मैं तुम्हारे लिए केस लड़ूँगा और तुम्हें सभी कर्ज़ों से मुक्त करूँगा।' उस इंसान ने कहा, 'नहीं, मैं ऐसा नहीं करूँगा चूँकि मैंने लोगों से पैसे लिए हैं तो वह मैं चुकानेवाला हूँ। ५०,००० रुपए देकर मैं छूट सकता हूँ मगर हकीकत में तो मैंने पैसे लिए हैं, मुझे रुकावट नहीं डालनी है।' वह इंसान आगे चलकर लोगों का सारा पैसा चुकता कर पाया क्योंकि उसे पैसे की समझ थी।

* एक विद्यार्थी ने अपनी समस्या को इस तरह आकर बताया, 'कुछ महीने पहले मैंने अपने एक मित्र को २०,००० रुपयों की मदद की थी, आज मैं उससे अपने पैसे वापस माँग रहा हूँ तो वह दे नहीं रहा है। चार महीने हो गए हैं मैं रोज़ उसके घर के चक्कर लगा रहा हूँ, वह मेरे पैसे दे नहीं रहा है।' तब उसे बताया गया, अपने मित्र को इस-इस तरह जाकर समझाओ तो समस्या सुलझ सकती है।

उसने जाकर अपने मित्र को समझाया। फिर से आकर बताया कि समझाने पर भी वह मित्र पैसे नहीं दे रहा है, फिर भी चक्कर ही लगवा रहा है। हर तरीके से उसे बताने के बाद उससे एक सवाल पूछा गया, 'क्या तुमने कभी किसी और से पैसे लिए हैं और लौटाए नहीं हैं... ऐसी कुछ बात है क्या? ज़रा सोचकर देखो।' उसने सोचा और कहा, 'हाँ, मैंने एक कोर्स किया था, उसकी पूरी फीस अभी तक नहीं भरी है।' उसे बताया गया कि उस फीस के थोड़े-थोड़े पैसे देना शुरू कर दो। यदि ५० रुपए भी किसी तरह से दे सकते हो तो ५० रुपए देना शुरू कर दो। इसका अर्थ तुम अपनी तरफ से यह संकेत दो कि मैं किसी के पैसे नहीं रोक रहा, मैं देने के लिए तैयार हूँ, तब ही यह चक्र

पूर्ण होता है। पैसा एक तरफ से नहीं बहता, दोनों तरफ से बहना चाहिए। हमने यदि किसी के पैसे रोके हैं तो हमारे पैसों के बहाव में रुकावटें आती हैं। एक छोटा सा कदम भी अच्छा परिणाम ला सकता है।

उस विद्यार्थी ने जब अपने द्वारा रोके गए पैसे लौटाना शुरू किए तो उसे आश्चर्य हुआ कि उसके मित्र ने भी आकर उसे बताया कि 'मैं फलाँ-फलाँ तारीख को तुम्हारे पैसे लौटानेवाला हूँ।'

पैसे में आई रुकावट हट गई क्योंकि उस विद्यार्थी ने एक छोटा सा प्रयोग किया, किसी और के पैसे जो उसने रोककर रखे थे, उनमें से सिर्फ थोड़ा देना शुरू कर दिया तो रिजल्ट आनी शुरू हो गई। इससे समझें कि हम जब दूसरों के पैसे अटकाते हैं तो हमारे भी पैसे अटकते हैं। यह प्रकृति का तरीका है, जो काम करता ही है।

हमें भी इन नियमों पर काम करना है, अपनी ज़िंदगी में इस तरह के ब्लॉक्स (रोड़े) नहीं डालने हैं। यदि गलती से भी ऐसा हुआ हो तो आज से ही ऐसे ब्लॉक्स डालना बंद कर दें। जिस तरह एक छोटा सा पत्थर भी पाईप लाईन में आ जाए तो पानी की धारा कम हो जाती है, उसी तरह पैसे के बहाव में एक छोटा सा ब्लॉक भी आनेवाले पैसे के बहाव को रोक सकता है।

पैसे की पाईप लाईन से हर छोटे से छोटे कंकड़ को निकाल दें और पैसे को बहने की दिशा यानी लक्ष्य दें।

जब पैसे के साथ सत्य जुड़ता है,
तब पैसा ईश्वरीय उपहार बनता है।
आध्यात्मिक मार्ग में लक्ष्मी (पैसे) के बारे में
जो भी बताया जा रहा है, उसका अर्थ
सिर्फ पैसा नहीं है बल्कि कुल-मूल उद्देश्य
(आत्मसाक्षात्कार) का मार्ग है।

११

पैसे कमाने का सही लक्ष्य तय करें

लक्ष्य तय करने के चार सही कदम

लक्ष्य तब तक पूरा नहीं होता, जब तक आप उसके लिए
समय सीमा निर्धारित नहीं करते।

पहला कदम : सकारात्मक लक्ष्य निर्धारित करें

सर्वप्रथम, अपने लिए सकारात्मक लक्ष्य तय करें। 'मैं अपना घर खरीदने के लिए बचत करूँगा', यह एक सकारात्मक लक्ष्य है। उसी तरह 'मैं पैसे खर्च नहीं करूँगा', यह नकारात्मक लक्ष्य है। आप सकारात्मक की तरफ गौर करते हैं तो खुद-ब-खुद फिजूल खर्च करना बंद कर देते हैं क्योंकि आप अपना ध्यान अपने लक्ष्य की तरफ प्रवाहित करते हैं। फिर आपको इस बात का पता भी नहीं चलता कि आपने असल में फालतू पैसा खर्च करना बंद कर दिया है।

दूसरा कदम : अपने लक्ष्य को पाने की तारीख निर्धारित करें

लक्ष्य तब तक लक्ष्य नहीं है, जब तक आप उसके लिए तारीख निर्धारित नहीं करते। अपने लक्ष्य को प्राप्त करने की तारीख तय करने के बाद इस बात पर ध्यान दें कि वह कामयाब हो, अगर ऐसा नहीं हो पाता है तो आप निराश होकर लक्ष्य को छोड़ न दें। इस बात का भी खयाल रखें कि लक्ष्य की तारीख इतने अधिक मुद्दत के बाद तय न करें कि वह निरर्थक लगे। 'मैं मृत्यु से पहले सभी ऋणों से मुक्त होना

चाहता हूँ', यह एक मूर्खतापूर्ण तारीख होगी क्योंकि उस वक्त आप अपने लक्ष्य को पाने की खुशी का आनंद नहीं ले पाएँगे।

तीसरा कदम : अपने लक्ष्य को लिखें

जब तक आप अपने लक्ष्य को अपने समक्ष नहीं देखते तब तक वह सच नहीं होता। अपने लक्ष्य को लिखकर गुसलखाने में, आइने पर, रेफ्रिजरेटर के दरवाज़े पर, कार की स्टेरिंग पर और अपने कंप्यूटर पर चिपकाएँ। इस तरीके से जब आप अपना लक्ष्य हमेशा अपने सामने रखेंगे तब आप उस पर सतत ध्यान दे पाएँगे।

चौथा कदमः अपने लक्ष्य पर एकाग्रता से ध्यान दें

अपने लक्ष्य को सदा अपने सामने रखें। अगर आपका लक्ष्य घर खरीदना है तो उसका प्रतिरूप बनाएँ। घर व बगीचा, शिल्पकार के मार्गदर्शन और उस विषय पर बनी पत्रिकाएँ पढ़ें। ज़मीन का नक्शा (flooring) खुद बनाएँ। अपने लक्ष्य में खुद को डुबो दें ताकि फिजूल पैसा खर्च करना खुद ब खुद बंद हो जाए। क्योंकि उस समय आप अपने आपको यह याद नहीं दिलाएँगे कि खर्च नहीं करना है, आप यह याद रखेंगे कि आपको अपने पैसे किसी विशेष उद्देश्य पर खर्च करने हैं।

उन लाभों पर अपना ध्यान दें जो आपको लक्ष्य तक पहुँचने पर प्राप्त होनेवाले हैं, न कि उस त्याग पर जो आप कर रहे हैं। अगर आप उस लाभ के बारे में समझ नहीं पाए तो आप अपने लक्ष्य को नहीं पा सकते और अगर किसी तरह आप अपने लक्ष्य तक पहुँच भी जाते हैं तो उसे स्थायी नहीं रख पाते।

इन चारों कदमों को अपने दिमाग में रखें। इन्हें अपनाने से आप अपने ऋणों से भी मुक्त हो सकते हैं। सिर्फ सरलता से इन योजनाओं पर चलें, जो इस अध्याय में बताई गई हैं।

अपना लक्ष्य तय करने के लिए अपने आपको समय सीमा (deadline) दें, उस तारीख को लिखें और उस पर ध्यान दें। ऐसा करने से आपको आश्चर्य होगा कि अपने लक्ष्य को प्राप्त करने के लिए आपके पास पैसा कहाँ से आ रहा है।

बजट आपका रक्षामंत्री है। यह आपकी
उच्च इच्छाओं को तुच्छ इच्छाओं से बचाता है।

१२

'क्या गया' न कहें, 'क्या पाया' यह कहें

पैसे के साथ नकारात्मक सोच न रखें

जो चीज़ आप देते हैं,
वह बढ़कर आपके पास वापस आती ही है।

हम अकसर लोगों को इस तरह कहते हुए सुनते हैं कि 'आज इतना खर्च हुआ... आज १०० रुपए खर्च करके आए... आज २०० रुपए खर्च हो गए... आज १००० रुपए गए...।' लोग जब भी बाज़ार जाते हैं, चीज़ें खरीदते हैं, तब ऊपर लिखी हुई बातें कहते हैं। यह हुई नकारात्मक सोच। यह इस तरह है कि आप १०० रुपए देकर आए मगर कभी आपने यह नहीं कहा कि क्या लेकर आए? शर्ट लाए, साइकिल लाए, पर्स लाए, पुस्तक लाए इत्यादि। लेकर आने की कोई बात नहीं करता। जो दाँत टूट गया हो, ज़ुबान बार-बार वहीं जाती है। अकसर इंसान, जो गया है, उसी का ज़िक्र करता है, उसी की फिक्र ज़्यादा करता है। मगर जो है उसका ज़िक्र होता ही नहीं, इसलिए नकारात्मक सोच की वजह से पैसा कम होता जाता है।

पैसे के साथ बहुत कुछ आ रहा है मगर यह नकारात्मक सोच पहले बंद कर दें। अपने आपको आधा सत्य बताना बंद करें, पूरा सत्य बताएँ। हालाँकि आधा-अधूरा बताना मन को अच्छा लगता है। मन तो अपना ही आधा चेहरा छिपाता है।

पैसे के प्रति यह शिकायत करना बंद करें कि 'मेरे पास पैसे टिकते ही नहीं, अगर मेरे पॉकेट में ५०० की नोट है तो वह नोट छुट्टा करवाते ही खत्म हो जाती है।' इस शिकायत के बदले कहें, '५०० रुपए में गाड़ी में पेट्रोल आया, एक जगह से दूसरी जगह जाने की सुविधा मिली अथवा कपड़े इत्यादि खरीदे' ऐसा करने से हमारे ध्यान को सही दिशा मिलेगी। इसका अर्थ यह नहीं है कि हम फिजूल खर्ची करें या लापरवाह बनकर पैसे उड़ाएँ। मध्यम मार्ग अपनाकर पैसे का इस्तेमाल करें।

आज के बाद जब भी कोई चीज़ लेकर आएँ तो स्वयं को और दूसरों को आधा सत्य न बताएँ, पूर्ण सत्य बताएँ कि 'पैसा खर्च करने के बाद फलाँ-फलाँ चीज़ आई।' वरना कोई रिक्शा से सफर करके आए और कहे कि इतना खर्च हो गया... तो उसे बताया जाएगा कि 'कृपया ऐसा कहना बंद करें। आपने खर्च किया सही बात है मगर उससे आप बहुत सारी दिक्कतों से बच गए। बस की लंबी कतार में रुकने से बच गए, कड़क धूप की गरमाहट से बच गए, समय पर पहुँचे। आज आपने पैसे के द्वारा यह सब प्राप्त किया।'

जब भी आपने पुस्तक खरीदकर कहा, 'आज मेरे १०० रुपए खर्च हो गए' तो उसे तुरंत सही करें कि 'मैंने आज यह पुस्तक प्राप्त की।'

हम अपने आंतरिक (अर्ध चेतन) मन को जो जानकारी देते हैं, वह उस आधार पर काम करता है। जब भी आप यह कहते रहते हैं कि 'यह गया... वह गया...' तो आपके अर्धचेतन (सबकॉन्शियस) मन को आप यह जानकारी दे रहे हैं कि मेरा तो सब जाते ही रहता है, जिसके परिणाम भी आपको वैसे ही मिलते हैं। जो इंसान यह कह रहा है कि 'यह आया... यह आया... आज मैंने यह प्राप्त किया...' तो मन वे चीज़ें आपकी तरफ आकर्षित करता है। चीज़ों के अभाव पर, चीज़ों के जाने पर ध्यान देंगे तो कुदरत के कानून अनुसार हमारे जीवन में पैसों का अभाव तथा चीज़ों के जाने का भाव बना रहता है। आज से ही अपना ध्यान चीज़ों की विशालता, प्रचुरता पर लगाएँ।

इस तरह के विचारों को कहा जाता है 'पैसे के साथ जुड़ी भावना, इमोशन।' पैसे की समस्या नहीं है बल्कि इमोशन की, भावना की, विचारों की समस्या है। पैसे के साथ जो अभाव की भावना होती है कि यह गया... वह गया... उसकी वजह से

सब कुछ भरपूर होते हुए भी हमें धन की कमी महसूस होती है। इसलिए आप जब भी कुछ लेकर आएँ तो आपने उस पैसे से जो प्राप्त किया वह भी कहें। ऐसा करने से आपके जीवन में पैसा भरपूर मात्रा में आकर्षित होगा।

आप जिस चीज़ पर ध्यान देंगे वह बढ़ेगी,
सँवरेगी और स्वस्थ बनेगी। यही नियम
आर्थिक स्वास्थ्य प्राप्त करने का रहस्य है।

१३

‘पैसा नहीं है’ यह समस्या नहीं है, ‘सही सोच नहीं है’, यह समस्या है

आसक्त भावनाएँ

जगत में पैसे की समस्या नहीं है बल्कि आसक्त भावना की समस्या है।

पैसा हमारे जीवन में बढ़े मगर वह हमें सत्य से दूर न ले जाए बल्कि सत्य पाने में हमें मदद करे।

यदि आपने पैसे को मंज़िल समझ लिया हो तो पैसा आपकी मदद नहीं करेगा। यदि पैसे को आपने रास्ता समझा है तो पैसा आपकी बहुत मदद करेगा। जब पैसा लक्ष्य बन जाता है, तब उसके साथ आसक्ति (इमोशन) जुड़ जाती है इसलिए इसे भावनात्मक समस्या, इमोशनल प्रॉब्लम नहीं बनाना है।

लोग पैसे से आसक्त होकर सही सोच, नई तरकीबें, सृजनात्मक विचार खो देते हैं। इसलिए यह समझना अति आवश्यक है कि *‘जगत में पैसे की समस्या नहीं है बल्कि आसक्त भावना की समस्या है।’ ‘जगत में पैसे की समस्या नहीं है बल्कि ‘नई तरकीबों (आईडियाज़) की कमी’ की समस्या है।’ There is no money problem, there is emotional problem. There is no money problem, there is ideas problem.* यह समझ सदा ध्यान में रखें क्योंकि नया विचार, नई सोच इंसान जल्दी नहीं समझ पाता, जल्दी स्वीकार नहीं कर पाता। हालाँकि चारों तरफ नई चीज़ों की, नवनिर्माण की इतनी ज़रूरत है कि कोई नई चीज़ें बनाए, कोई नई चीज़ों को सही ढंग से प्रस्तुत

'पैसा नहीं है' यह समस्या नहीं है, 'सही सोच नहीं है', यह समस्या है

कर (बेच) पाए तो पैसे की कभी कमी नहीं होगी।

कुछ ऐसी चीज़ों का निर्माण करें जो लोगों की ज़रूरत है लेकिन उस ज़रूरत के बारे में उन्हें भी पता नहीं है। ऐसा निर्माण करने से आपको पैसे की कभी कमी महसूस नहीं होगी।

इन नए पहलुओं पर कोई सोचने के लिए तैयार नहीं क्योंकि किसी ने हमें स्कूल में सोचने की कला सिखाई नहीं। हमारी शिक्षण पद्धति में यदि यह प्रैक्टिस, यह कला सिखाई गई होती तो न पैसे की समस्या होती, न कंजूस बनकर जीने की ज़रूरत होती क्योंकि आपको अपनी पैसे कमाने की योग्यता पर भरोसा होता।

कंजूस को अपनी योग्यता पर भरोसा नहीं है

कंजूस इंसान खुद भी परेशान रहता है और घरवालों को भी परेशानी में रखता है क्योंकि उसे अपनी पैसे कमाने की योग्यता पर भरोसा नहीं होता। उसे चिंता रहती है कि मिले हुए पैसे यदि खत्म हो जाएँगे तो और पैसे कैसे कमाएँगे।

कंजूस इंसान ने अपनी योग्यता पर कभी काम नहीं किया है, उसने सिर्फ किस्मत पर ही भरोसा रखा होता है। वह सदा लॉटरी और भाग्य के चक्कर में घूमता रहा इसलिए उसकी पैसे कमाने की योग्यता तैयार नहीं हुई।

जिन लोगों ने पैसे कमाने की योग्यता तैयार की है, वे सदा निश्चिंत होते हैं। जब भी उन्हें पैसा चाहिए, तब उन्हें पता होता है कि उनके अंदर योग्यता है, वे नई युक्ति सोच सकते हैं। वे यह सत्य जानते हैं कि पैसे की समस्या नहीं है, युक्ति (आइडियाज़) की समस्या है।

अवसर पहचानें और खुशकिस्मत बनें

लोग ज़्यादा सोच नहीं पाते क्योंकि उनकी सोच को प्रशिक्षण नहीं मिला है। यदि उन्हें यह प्रशिक्षण मिल जाए तो उनकी योग्यता बढ़ेगी। योग्यता बढ़ाना यानी नई भाषाएँ सीखना, कंप्यूटर सीखना या कोई हुनर अथवा कला सीखना।

अपने कार्यक्षेत्र में लोगों को अच्छी सेवा कैसे दें, यह सोच पाना भी योग्यता बढ़ाना है। योग्यता बढ़ाने से ही आपके पास पैसा आएगा। इसलिए अपनी किस्मत को किस्मत के सहारे छोड़कर योग्यता और क्षमता बढ़ाने पर काम करें।

योग्यता बढ़ाने के लिए निर्णय कैसे लिए जाएँ, यह प्रज्ञा अपने अंदर जगाएँ। अवसर कैसे पहचाना जाए, यह सजगता रखें क्योंकि अवसर के पीछे ही खुशकिस्मती आती है। निर्णय लेने के, सुस्ती भगाने के, अपने मन पर अनुशासन लाने के अवसर न गँवाएँ। हर मौके का फायदा उठाकर विश्व की सारी दौलतें प्राप्त करें।

इंसान भाग्य का रोना रोकर कहता है, 'फलाँ-फलाँ इंसान खुशकिस्मत है, उसके पास बहुत पैसा है लेकिन मैं ही बदकिस्मत हूँ।' मगर जो अवसर पहचानता है, उसे खुशकिस्मत कहा जाता है। जो सुस्ती मिटा पाता है, सही समय पर पैसों की बचत कर पाता है, पैसे बैंक में जमा कर पाता है, वह खुशकिस्मत है वरना 'कल करेंगे', ऐसा कहते रहे तो बहुत बड़ा समय आपके हाथ से निकल जाएगा।

लोग किस्मत को आज़माने के चक्कर में जुआ, रेस अथवा लॉटरी की टिकटों में समय और पैसा बरबाद करते हैं, कहाँ पैसा दस गुना बढ़कर जल्दी मिलता है, ऐसी अनुचित योजनाओं में अपनी बुद्धि उलझा देते हैं। ऐसी योजनाओं में न उलझें वरना बाद में पछताने के अलावा कुछ नहीं बचता।

पैसा वरदान है, उसे अभिशाप न बनाएँ

जब आप अपना बजट बनाएँ तो ध्यान सही जगह पर रखें। अपने धन का, यदि दस हिस्से किए गए हैं तो एक हिस्सा अलग रखें। पहले से यह नियोजन करेंगे तो आप देखेंगे कि हर चीज़ आपके बजट में बैठ सकती है। आप इस तरकीब का आनंद भी ले पाएँगे, ईश्वर की रचना (पैसे) का आनंद ले पाएँगे।

पैसा ईश्वर की रचना है, निर्मिती है, ईश्वर का रचनात्मक तरीका है। संसार के सारे कार्य कैसे होते हैं, कैसे लोग मिल-जुलकर आसानी से लेन-देन कर पाते हैं, यह आश्चर्य करनेलायक व्यवस्था है। हमें जिस संसार में लेन-देन करना है, उसे आसान बनाने के लिए ही पैसा बनाया गया है। यह समझते हुए पैसे को वरदान बनाएँ, न कि अभिशाप।

कुछ लोगों के पास पैसा ज़्यादा आ जाए तो उनका अहंकार बढ़ जाता है। इस तरह वरदान उनके लिए अभिशाप बन जाता है। पैसा आपके लिए कभी भी अभिशाप न बने, इस बात का हमेशा खयाल रखें। पैसा आते ही अहंकार में आप दूसरों का नुकसान करने लग जाएँ, किसी की टाँग खींचने लग जाएँ तो यह गलत है। इस तरह आप एक गलत आदत का निर्माण कर रहे हैं, जो आगे आपको बड़ी सज़ा देती है।

'पैसा नहीं है' यह समस्या नहीं है, 'सही सोच नहीं है', यह समस्या है

अपना कर्ज़ कैसे चुकाएँ

इन बातों से बचते हुए जो भी कर्ज़ आपके ऊपर है, उन सारे कर्ज़ों को आपको चुकाना है। पैसे वापस न लौटाकर अपने अंदर पैसे के ब्लॉक्स नहीं डालने हैं।

आपने यदि किसी से पैसे लिए हैं तो उन्हें वापस भी करने चाहिए। कभी किसी कारणवश आप पैसे तुरंत नहीं लौटा पाए तो उन्हें इस बात की सूचना दें। ऐसा करने से लोग आपको विश्वसनीय समझेंगे। आप जब उनके पैसे लौटा पाएँगे, तब वे आगे भी आपकी मदद करने के लिए तत्पर रहेंगे।

यदि आप बड़े समय तक किसी के पैसे नहीं लौटा पाए हैं तो उनसे जाकर कहें, 'मैं आपके पैसे लौटाना चाहता हूँ इसलिए कृपया मुझे थोड़ा समय, हिम्मत और साहस दें।' उन्हें बताएँ, 'मैंने ऐसा-ऐसा प्रवचन सुना है, मैंने ऐसी पुस्तक पढ़ी है, जिससे मैं अपना कर्ज़ चुकाकर मुक्त होना चाहता हूँ, मुझे आपके मदद की ज़रूरत है, अब मैं अपनी कमाई से कुछ पैसा बचानेवाला हूँ और आपका कर्ज़ चुकानेवाला हूँ।' यह सुनकर वह इंसान खुश हो जाएगा। चूँकि वह सोचकर बैठा था कि उसके ये पैसे डूब गए हैं, अब वापस नहीं आएँगे।

आप लोगों के पैसे लौटाना चाहते हैं तो लोग आपको मदद करेंगे, वे आपको व्यापार करने के लिए और पैसे भी देंगे। ऐसा न सोचें कि आपको कर्ज़दारों से दूर भागना है। उनसे बातचीत करके उन्हें बताएँ कि आप वाकई में उनके पैसे लौटाना चाहते हैं, आप कोई भी पैसे की रुकावट अपनी ज़िंदगी में नहीं डालना चाहते हैं इसलिए आपको समय और साहस दिया जाए। जिन लोगों ने भी इस तरह का कदम उठाया है, उन लोगों ने ईमानदारी और मेहनत से काम करके कर्ज़ से मुक्ति पाई है।

इस तरीके से आप भी, यदि आप पर कोई कर्ज़ा है तो अपना कर्ज़ चुकाना शुरू कर सकते हैं। आप दूसरों को भी कर्ज़ से मुक्त होने की प्रेरणा दे सकते हैं। बुलंद हौसले और पैसे कमाने की क्षमता बढ़ाकर आप हर कामयाबी हासिल कर सकते हैं।

बूँद-बूँद करके तालाब भर सकता है इसलिये
हर छोटी बचत को छोटी न समझें।

१४

पैसा कमाना सीखें

क्षमता बढ़ाएँ

पैसे की प्राप्ति के साथ प्रेम की पूँजी, ध्यान की दौलत,
समय की संपत्ति, निडरता की नकद और
सेहत के सिक्के पाने का राज़ सीख लें।

आपके पास सबसे मूल्यवान दौलत क्या है? यदि आप बहुत धनवान नहीं हैं, फिर भी आपके पास आपकी सबसे मूल्यवान दौलत है, 'सीखने की क्षमता।' यह आपकी क्षमता है, जिससे आप अपना ज्ञान और कौशल्य बढ़ाकर, उसे इस्तेमाल कर सकते हैं। यह क्षमता आपको उस जगह पर, समय अनुसार उपयोग में लानी है, जहाँ से आपको उसका मेहनताना प्राप्त होता है।

आपकी पूरी पढ़ाई का ज्ञान, काम का अनुभव, पठन, प्रशिक्षण और कार्य इत्यादि का योगदान, आपकी कमाने की क्षमता को बढ़ाने में होगा। संशोधन के अनुसार विश्व के धनवान कहलानेवाले अमीर लोग वे हैं, जिन्होंने सामान्य स्थिति में प्रायः नुकसान से शुरुआत की और फिर अपना अमूल्य समय और मेहनत का उपयोग करके अपनी सीखने की क्षमता को बढ़ाया। आप भी ऐसा कर सकते हैं, आज से शुरुआत करें या किसी समय का चयन करके शुरुआत कर दें।

किस प्रकार सीखना है, यह सीखें। व्यवस्थापन के मार्गदर्शक कहते हैं कि *'सही अर्थों में शिक्षित इंसान वह है जो यह सीख गया कि किस तरह पूरी ज़िंदगी सतत सीखते रहना है।'*

हम गाड़ी चलाना सीखते हैं, कंप्यूटर चलाना सीखते हैं। हम खाना बनाना,

पैसा कमाना सीखें

चूल्हा जलाना, अंग्रेज़ी बोलना, सीटी बजाना, कहानी लिखना, पियानो बजाना, क्रिकेट खेलना, यहाँ तक कि घड़ी में समय देखना तक सीखते हैं लेकिन क्या कभी आपको यह खयाल आया है कि 'सीखना' सीखना चाहिए। सीखना, सीखना भी सीखना चाहिए यह कभी हमने सोचा नहीं है। सीखना भी एक कला है।

'सीखना एक कला है' यह वाक्य सुनकर आपको कैसा लगा? क्या हमें सीखना भी सीखना होगा? जी हाँ। यदि आप कम समय में अपना बड़ा लक्ष्य प्राप्त करना चाहते हैं तो आपको सीखना सीखने से परहेज़ नहीं करना चाहिए। सीखना भी एक कला है, यह सच्चाई इसका प्रशिक्षण प्राप्त करके ही जान सकते हैं। सीखना, सीखने के लिए आपको अपने पूरे शरीर को प्रशिक्षित करना होगा। जब आपकी सारी इंद्रियाँ आपका कहना मानेंगी तब ही आप कम से कम समय में ज़्यादा से ज़्यादा सीख सकते हैं।

कोई भी बात सीखने के लिए हमें अभ्यास की आवश्यकता होती है तो सीखना, सीखने के लिए हमें किस चीज़ की आवश्यकता है? सीखना सीखने के लिए हमें सोचने, सजग रहने और मनन करने की आवश्यकता है। सीखना सीखने के लिए हमें हर सीखी हुई बात को 'बेहतर करने की आदत' की आवश्यकता है। यह आदत आपको हर काम में, जो आप करते हैं, प्रवीण (परफेक्ट) बना सकती है। जब आप सीखने की कला सीख जाएँगे, तब आप हर बात सीखने में कम समय लगाएँगे। इस तरह ज़िंदगीभर आपके समय की बचत होती रहेगी। यदि हमारा इतना सारा समय 'सीखने की कला' सीखने से बचेगा तो हमें सीखने की कला सीखने के लिए समय देने से घबराना नहीं चाहिए।

हर दिन के अभ्यास, श्रवण, पठन, मनन और अमल द्वारा आप कुशल सीखनेवाले बनकर अपनी क्षमता बढ़ा सकते हैं। इंसान जब सीखना बंद कर देता है, तब ही वह बूढ़ा बन जाता है। बुढ़ापे का उम्र से ज़्यादा लेना–देना नहीं है। शरीर के अंतिम दिन तक हम कुछ नया सीखने का अभ्यास कर सकते हैं। इस अभ्यास से न सिर्फ हम बूढ़े होने से बच जाएँगे बल्कि इस अभ्यास से हम ज़िंदगी में अद्भुत कार्य करके एक मिसाल कायम कर पाएँगे।

राममूर्ति नाम का एक बहुत बड़ा पहलवान था। वह अपनी छाती पर लकड़ी का तख्ता रखकर उस पर हाथी को खड़ा करवाता था। लोग उसकी ताकत को देखकर दाँतों तले उँगली दबाते थे। वह बचपन में एक कमज़ोर बालक था। हर

मौसम में बीमार होना, जल्दी थक जाना, उसका दुःख था। वह अपनी इस कमज़ोरी से हमेशा असफल नहीं रहा। उसने बचपन में ही ठान लिया कि उसे कमज़ोर नहीं, बलवान बनकर मिसाल कायम करनी है। उसका यह संकल्प रंग लाया। आज लोग राममूर्ति को एक कामयाब और हिम्मतवान इंसान करके याद करते हैं। जब राममूर्ति से उसकी ताकत का राज़ पूछा गया तब उसने यह रहस्य उजागर किया। महाबलवान राममूर्ति ने अपने करतब का रहस्य बताते हुए कहा, 'नियमित प्रशिक्षण द्वारा अपने कमज़ोर से कमज़ोर शरीर को बलवान बनाया जा सकता है। इस प्रशिक्षण में हर दिन आप उतना ही वज़न उठाएँ, जितना उठा सकते हैं लेकिन उसे कई बार उठाएँ। धीरे-धीरे उस वज़न को थोड़ा-थोड़ा करके बढ़ाते जाएँ। बहुत जल्द ही फिर एक फौलादी इंसान का जन्म होगा।' राममूर्ति ने, जो अपनी शक्ति का रहस्य बताया, वह रहस्य हर तरह की कला, कामयाबी और क्षमता बढ़ाने में उपयोगी है।

राममूर्ति द्वारा प्राप्त किया गया रहस्य एक ग्वाले ने किस प्रकार अनजाने में इस्तेमाल किया, आइए, उसे जानें। एक ग्वाला जो गाय-बकरियाँ पालता था, हर दिन पहाड़ी पर सुबह-सुबह मंदिर जाया करता था। मंदिर में ईश्वर दर्शन उपरांत ही वह अपने बाकी कार्य शुरू करता था। एक दिन उसकी एक गाय ने बछड़े को जन्म दिया। उस दिन के बाद वह उस बछड़े को रोज़ अपने कंधे पर उठाकर मंदिर जाने लगा। धीरे-धीरे बछड़े का वज़न बढ़ता रहा और उस ग्वाले की ताकत भी बढ़ती रही। अपनी ताकत का अंदाज़ा उस ग्वाले को भी नहीं था। एक समय ऐसा आया कि गाय का वह बछड़ा बड़ा बैल बन गया। ग्वाला रोज़ उसे नियम के अनुसार कंधे पर बिठाकर पहाड़ी पर मंदिर ले जाता रहा। लोग उसकी ताकत को देख हैरान होने लगे। लोग वह दृश्य देखने के लिए सुबह-सुबह रास्ते पर जाकर खड़े होते थे। बैल को भी बचपन से ग्वाले के दोनों कंधों पर बैठने की आदत हो चुकी थी और ग्वाले को भी वज़न उठाने का अभ्यास हो चुका था इसलिए उनके लिए वह क्रिया सामान्य थी लेकिन लोगों के लिए वह नामुमकिन बात थी।

ग्वाले के मज़ेदार उदाहरण से धीरे-धीरे अपनी क्षमता बढ़ाने का राज़ हमारे सामने आ चुका है। 'रोज़ करें, जितना कर सकते हैं उतना करें लेकिन कई बार करें' अभ्यास के इस मंत्र से नामुमकिन कुछ भी नहीं। बड़े से बड़े कलाकार से जाकर पूछें कि 'तुम कैसे इतने कामयाब बने?' तब वे अनेक कारणों के साथ सबसे मुख्य कारण

अपना निरंतर अभ्यास ही बताते हैं। एक बहुत बड़े जादूगर सरकार से जब पूछा गया कि उसकी जग प्रसिद्ध जादू की कला का रहस्य क्या है? तब महान जादूकर सरकार ने इसके तीन रहस्य बताए। पहला रहस्य बताया 'अभ्यास', दूसरा रहस्य बताया 'अभ्यास' और तीसरा रहस्य उन्होंने बताया 'अभ्यास'। इस तरह का जवाब देकर प्रशिक्षित जादूगर सरकार ने अभ्यास का महत्त्व दुनिया के सामने रखा। हमारे सामने भी अपनी क्षमता बढ़ाने का रहस्य खुल रहा है। अलग-अलग उदाहरणों द्वारा हम भी यह रहस्य जान रहे हैं। जो काम दुनिया का एक इंसान कर सकता है, यदि हम चाहें तो वह काम हम भी अनुशासन और योग्य प्रशिक्षण द्वारा सीख सकते हैं और कर सकते हैं।

आप जितना अधिक व जितनी तेज़ी से सीखते हैं, उतनी ही तेज़ी से अपने पेशे में प्रगति पाते हैं, ऊपर बढ़ते हैं। इससे आप अपनी ज़िंदगी में भी सभी जगह आगे बढ़ सकते हैं। सीखनेवाले अपने पास अधिक जानकारी रखते हैं। आपकी अधिक जानकारी आनेवाली समस्याओं को सुलझाने के लिए और अच्छे नतीजे लाने के लिए उपयोगी होगी। अपनी अधिक जानकारी का उपयोग आप अपने उस कार्यक्षेत्र में करें, जहाँ से आपको इसका मेहनताना प्राप्त होता है। आप जितनी अधिक जानकारी प्राप्त करते हैं, उतनी अधिक आज़ादी और मौके आपको प्राप्त होते हैं।

जहाँ आप हैं और जहाँ आप जाना चाहते हैं, उसमें अंतर होता है। हर बात में आप देखेंगे कि उस अंतर को आप अपने ज्ञान व कौशल्य से भर सकते हैं। आपको धन का स्वामी बनने के लिए कुछ नया और कुछ अलग सीखने की ज़रूरत है। आपको नई बातें और उच्च क्षमता की तकनीकें सीखनी होंगी। नई तरकीब और रचनात्मक तकनीक को अपनाना होगा। इन सभी बातों का भरपूर अभ्यास करना होगा।

सीखने की कला से जुड़ने के बाद आप जीवन के हर क्षेत्र में आगे बढ़ेंगे और आप अपने परिवार को अधिक सहायता देने के काबिल हो जाएँगे। आप अपने मित्रों को, अच्छे मित्र की तरह, उनकी क्षमता का अधिक उपयोग कराने में सहायता कर पाएँगे। अधिक सीखने से आप एक अच्छे मैनेजर (प्रबंधक) बन सकते हैं, अपने आपको अधिक सक्षम बना सकते हैं लेकिन एक बात सदा याद रखें कि अपनी तुलना औरों से करने की गलती कभी न करें। ऐसा करने से आपका लाभ नहीं बल्कि हानि ही होगी। ऐसा न सोचें कि 'वह इंसान कितना ज़्यादा कमाता है और मैं उससे कितना कम कमाता हूँ.....।' दूसरों से केवल प्रेरणा लें, अपनी तुलना अपने

पहले के कार्य यानी अपने आपसे करें। अपनी आज की अवस्था, व्यवस्था, बल और शक्ति पहचानें। जब तक आप अपनी वर्तमान स्थिति नहीं जानेंगे तब तक आप सीखना सीख नहीं पाएँगे।

'आप अभी कहाँ, किस स्तर पर हैं', यह जानना बहुत आवश्यक है। कौन सी चुनौतियाँ आपके लिए आसान हैं और कौन सी चुनौतियाँ आपके लिए असंभव हैं? क्या आप रोज़ सुबह निर्धारित समय पर उठते हैं? क्या आपका वज़न सामान्य से ज़्यादा है? क्या आपको कोई व्यसन है? जैसे चाय, कॉफी, अधिक टी.वी. देखना, स्वादिष्ट खाने पर नियंत्रण न रख पाना, सिगरेट, तंबाकू इत्यादि जिसे आप छोड़ना चाहते हैं पर छोड़ नहीं पाते? क्या आपका ऑफिस/घर साफ-सुथरा और व्यवस्थित रहता है? दिनभर में आप कितना समय व्यर्थ गँवाते हैं? यदि आप किसी को वचन देते हैं तो उसे कितने प्रतिशत निभाते हैं? यदि आप स्वयं को कोई वचन देते हैं तो उसे कितने प्रतिशत निभाते हैं? क्या हफ्ते में एक दिन आप उपवास रखते हैं? दिनभर में आप कितने घंटे एकाग्रचित्त होकर काम कर पाते हैं? कितने दिनों पहले आपने अपनी एक बुरी आदत को त्याग कर नई सकारात्मक आदत अपनाई है? क्या आप यह पुस्तक सोच-समझकर पढ़ रहे हैं या ऐसे ही सामने आ गई है इसलिए पढ़ रहे हैं? क्या आज आप बता सकते हैं कि कल आप क्या करनेवाले हैं? इन सारे सवालों के जवाब देकर आप स्वयं की जाँच कर सकते हैं और आज ही अपना प्रशिक्षण शुरू कर सकते हैं।

आज ही स्वयं को पहचानने का कार्य शुरू करें, अपने सकारात्मक और नकारात्मक पहलुओं को पहचानें और उसके अनुसार अपने लिए प्रशिक्षण के कदम निर्धारित करें। यह प्रशिक्षण न केवल आपके कमाने की क्षमता बढ़ाकर आपको सफलता दिलाता है बल्कि आध्यात्मिक लक्ष्य (आत्मसाक्षात्कार और सत्य अभिव्यक्ति) प्राप्त करने में भी मदद करता है।

पैसा हमारे जीवन में बढ़े मगर वह हमें सत्य से दूर न ले जाए।
यदि आपने पैसे को रास्ता न समझकर, मंज़िल समझ लिया है
तो पैसा आपकी सेवा नहीं करेगा।

१५

मनी मंत्र इस्तेमाल करें

बचत करने की आदत डालें

पैसा ईश्वर की रचनात्मक तरकीब है,
जिससे इंसान माया के खेल में खेलता रहता है।

धन की विशेषता उसे बचाने में भी है। समझदार धनवान लोग पैसे की बचत समझदारी से करते हैं।

क्या आप चीज़ों को भाव-तोलकर खरीदकर बचत करना जानते हैं? धनवान लोग कभी भी किसी भी चीज़ के लिए यूँ ही विक्रेता को पैसे देना पसंद नहीं करते। वे सिर्फ वहीं नहीं रुकते, भाव-तोलकर खरीददारी करने से उन्होंने जो बचत की, उन पैसों का वे निवेश करना भी जानते हैं। यह बड़ा कठिन कार्य है क्योंकि कोई भी खरीददारी करके चुटकीभर बचत कर सकता है लेकिन इसी बचत को सँभालकर संवर्धन करना ही सही बचत है। एक इंसान ने धूम्रपान छोड़ दिया और वह बड़े शान से कहता था कि 'मैंने हर महीने के ५०० रुपए बचाए।' जब उससे पूछा गया कि 'कहाँ हैं वे हर माह के बचाए गए ५०० रुपए?' तो वह निरुत्तर था क्योंकि वह नहीं जानता था कि ५०० रुपए कहाँ गए। उसने पैसे की बचत तो की लेकिन उसे बचाकर नहीं रखा, सारे पैसे खर्च कर दिए।

अब आप अपनी खरीददारी की आदत को बदलें और उससे की गई बचत को

अपने पर्स से बाहर निकालें, उसे अपनी खर्च की पकड़ से दूर करें, उन्हें अपने गुल्लक में डालें और बाद में उन्हें (गुल्लक भरने के बाद) अपने सेविंग अकाउंट में डालें।

मनी मंत्र इस्तेमाल करें, पैसे को समृद्धि के लिए स्पर्श करें

जब भी आप किसी को पैसे दें तो एक क्षण के लिए अपने अंदर उसका स्पर्श महसूस करें, उसकी तरंग महसूस करें। आपके हाथ में पैसा, नोट, सिक्का जो भी है, उसे जब किसी को दें तो एक क्षण अपना ध्यान वहाँ देकर, देते वक्त अपने मन में

अपने बैंक में या बचत बॉक्स (गुल्लक) में पैसे डालते वक्त मंत्र कहकर उसे छुएँ। यह आदत पैसे के प्रति आपकी समझ व सजगता बढ़ाएगी।

यह कहें कि 'यह पैसा कई गुना बढ़कर वापस मेरे पास आनेवाला है... **'सब भरपूर है...** There is enough' यह है मनी मंत्र। सिर्फ पैसा देते वक्त अपना ध्यान हाथ और नोट के बीच के स्पर्श की तरफ ले जाएँ। यहाँ पर भावना, इमोशन, चिपकाव नहीं लाना है। जो सिक्का दिया जा रहा है, जो नोट दिया जा रहा है, एक सेकण्ड अगर आपने उस वक्त स्पर्श की तरफ ध्यान दिया तो वह स्पर्श आपको अलग महसूस होगा। आपने आज तक कभी ऐसा किया नहीं मगर अब ऐसा करके देखें

कि आपका ध्यान हाथ के पैसे की तरफ है, आपने उसे छुआ है, आपने मन में मंत्र दोहराया है तो वह बढ़कर आपके पास लौटेगा ही।

अपने बैंक में या बचत बॉक्स में पैसे डालते वक्त मंत्र कहकर उसे छुएँ। यह आदत पैसे के प्रति आपकी समझ व सजगता बढ़ाएगी। इस तरह आपकी बचत बढ़ती जाएगी।

बचत करने का चमत्कार

एक इंसान हर दिन मूँगफली लेने जाता है और मूँगफलीवाले से हमेशा कहता रहता है, 'मेरे साथ पैसों की समस्या है, पैसा टिकता ही नहीं।' एक दिन मूँगफलीवाले ने उसे थैला भरकर मूँगफली दी। उसने मूँगफलीवाले से कहा, 'भाई साहब क्या कर रहे हो? मुझे इतनी मूँगफली नहीं चाहिए।' मूँगफलीवाले ने बताया, 'यह आपका थैला है' यह सुनकर उस इंसान ने कहा, 'पागल हो गए हो क्या... मैं रोज़ चवन्नी की मूँगफली लेकर जाता हूँ, थैला भरकर नहीं।' तब मूँगफलीवाले ने उसे समझाया कि 'यह आपका ही थैला है, जब भी आप चवन्नी की मूँगफली लेते थे तो उनमें से मैं एक-दो दाने निकालकर रखता था, आपको पता भी नहीं चलता था, उसी एक-दो दाने से आज आपका यह थैला भर गया है।'

उस इंसान को बहुत आश्चर्य हुआ, खुशी हुई और उसे एक झटका भी लगा कि 'अरे! एक-दो दाने इतना बड़ा काम कर सकते हैं।' उस दिन वह समझ गया कि पैसा तो बहुत आ रहा है मगर एक-दो दाने (पैसे) भी हम नहीं बचा रहे हैं तो फिर आगे बड़ी तकलीफ होगी। इसलिए बचत करने की आदत, खर्च करने की समझ, धन की समस्या को ८०% कम कर सकती है। आप कितने भी गरीब क्यों न हों, चाहें तो कुछ पैसा बचाने की आदत डाल ही सकते हैं। **बूँद-बूँद करके तालाब भर सकता है इसलिए हर छोटी बचत को छोटी न समझें।** आपका पैसा आपके लिए और पैसा कमाए, ऐसी योजना बनाएँ। सिर्फ खर्च करते रहने से खज़ाने भी खाली हो जाते हैं। दिनभर में आपके पास आए छोटे-छोटे सिक्के भी यदि जमा किए गए तो आगे चलकर वे आश्चर्य देनेवाली संपत्ति बन सकते हैं। कंजूसी करने व बचत करने के बीच में फर्क समझें और बचत करने की अच्छी आदत अपनाएँ।

बचत को संभालकर संवर्धन करना ही सही बचत है।

१६

पैसे का संवर्धन करें
मैजिक बॉक्स बनाएँ

इंसान अकसर जो गया है, उसी का ज़िक्र करता है,
उसी की फिक्र ज़्यादा करता है।
मगर जो है, उसका ज़िक्र होता ही नहीं इसलिए
पैसा नकारात्मक सोच की वजह से कम होता जाता है।

पैसे का संवर्धन पैसे कमाने के बाद अगला कदम है। यदि आप इस कदम पर पहुँच चुके हैं तो कुछ बातें जान लेना आवश्यक है।

हर महीने अपने धन के दस हिस्सों में से एक हिस्सा जमा करें। उस पैसे का संवर्धन, योग्य इंसान की सलाह से करें। वह पैसा योग्य काम में लगाएँ ताकि वह बढ़ता रहे। जिस तरह ठहरा हुआ पानी दुर्गंधमय हो जाता है और बहता हुआ पानी स्वच्छ व ताज़ा रहता है, बढ़ता रहता है, उसी तरह रुका हुआ पैसा भी दुर्गंधमय (ब्लॉक) हो जाता है इसलिए पैसे का उचित तरीके से संवर्धन करें।

पैसा प्रवीण इंसान के अनुभव सुनकर, सही जगह पर निवेश किया जा सकता है। जिन लोगों ने वर्षों तक अपने व्यापार और गलतियों के द्वारा पैसों का संवर्धन करना सीखा है, उन लोगों की सलाह द्वारा, अपने धन को नया धन लाने के लिए इस्तेमाल करें। इस तरह अपने कमाए गए धन से काम करवाना सीखें। आपके पैसे को योग्य काम मिलना चाहिए, जहाँ उसका संवर्धन हो पाए।

फँसानेवाली योजनाओं में कभी न उलझें। ऐसी योजनाओं में लोग आपको बताएँगे कि आपका पैसा एक महीने में दस गुना बढ़ जाएगा, बीस गुना बढ़ जाएगा

लेकिन ये लुभावनी बातें अकसर आपके जीवन को उलझा देती हैं।

कई लोग पैसे बढ़ाने के चक्कर में गलत स्किम्स में उलझ जाते हैं और उनका पैसा डूब जाता है। फिर वे ज़िंदगीभर पछताते हैं कि उनकी मेहनत की सारी कमाई क्यों डूब गई इसलिए खबरदार रहें, रातों-रात लखपति बनने के चक्कर में न पड़ें। जो सही सलाह दे सकता है, उन लोगों से बातचीत करके अपनी बचत का सही जगह पर उपयोग (निवेश) करें।

मैजिक बॉक्स

बजट आपका रक्षामंत्री है। यह बात जानते हुए अपने रक्षामंत्री को सजग करें। बजट बनाएँ और उसे कलमबद्ध करें, लिखें। हर चीज़ लिखित रूप में होनी चाहिए। जब हर चीज़ लिखित में होगी तो सही बजट बनेगा और वे सारी इच्छाएँ, एक हिस्सा अलग करके रखने के बावजूद भी उन नौ हिस्सों में पूरी होंगी, जो आपने अपनी आमदनी के बनाए हैं।

बजट बनाने के बाद भी आपकी जो इच्छाएँ शेष रह गईं, पूरी नहीं हो पाईं, उनके लिए आप एक मैजिक बॉक्स बनाएँ। उस मैजिक बॉक्स पर लिखें, 'मैं हर दिन चमत्कार की उम्मीद रखता हूँ (I Expect Miracles Daily)।' उसमें आपकी फिलहाल पूरी न होनेवाली इच्छाएँ लिखकर डाल दें। ये बॉक्स लकड़ी अथवा पुट्ठे का बना सकते हैं।

अगर आप ऐसा कर सके तो आप देखेंगे कि समृद्धि का यह वृक्ष बढ़ते ही जाएगा और उससे बचत के हिस्से में बढ़ोतरी होगी यानी आपके पैसों ने और पैसे लाए जो आपके मूलधन के बच्चे हैं। उन बच्चों को आपको खाना (खर्च करना) नहीं है। लोग उन बच्चों को खा जाते हैं इसलिए समृद्धि का वृक्ष कभी बढ़ नहीं पाता।

अब सदा यह ध्यान रहे कि समृद्धि का वृक्ष हमेशा बढ़ता रहे। उसके बच्चों को न खाएँ क्योंकि वे और बच्चों को लानेवाले हैं। बचत, नई बचत का कारण बनती है। जल्दबाज़ी में उन बच्चों (बचत) को खाकर आप समृद्धि के वृक्ष पर कुल्हाड़ी मारते हैं। निरंतरता और निष्ठा से अगर यह काम आप करते रहेंगे तो सब तरह की गलतियाँ खत्म हो जाएँगी, जो समृद्धि के वृक्ष को काटती हैं।

समृद्धि का यह रहस्य जानकर आप उस अवसर को ढूँढ़ पाएँगे, जिसके पीछे ही खुशनसीबी आती है वरना कई लोग किस्मत के चक्कर में उलझ जाते हैं। 'किस्मत में रहेगा तो मिलेगा, नहीं रहेगा तो नहीं मिलेगा।' लोग इस तरह किस्मत की बातें करते

रहते हैं और ज्योतिषियों के पीछे घूमते रहते हैं। ऐसे लोग ज्योतिषी की भविष्यवाणी से तय करते हैं कि उन्हें पैसा मिलेगा या नहीं मिलेगा।

आपको किस्मत के चक्कर में नहीं पड़ना है क्योंकि किस्मत की देवी ने आज तक किसी का चिरस्थायी भला नहीं किया है। जिन लोगों को लगा किस्मत खुल गई, लौटरी लग गई, अचानक पैसा मिल गया, घोड़ा जीत गया तो उन्होंने अंत में क्या पाया? बहुत जल्द ही वे फिर उसी मुकाम पर पहुँच गए, जहाँ सिवाय निर्धनता के कुछ नहीं होता।

लोग 'समृद्धि ज्ञान' को महत्त्व नहीं देते

आपके सामने दो पार्सल रखे हैं। एक पार्सल में एक लाख रुपए रखे गए हैं और दूसरे पार्सल के अंदर एक पुस्तक रखी गई है। उस पुस्तक में यह जानकारी दी गई है कि आपके जीवन में पैसा कैसे बढ़े, कैसे उसका उपयोग हो। यदि लोगों से कहा जाए कि इन दोनों में से किसी एक पार्सल का चुनाव करें तो ९९ प्रतिशत लोग, एक लाख रुपयों का पार्सल लेकर जाएँगे और कुछ महीनों में जैसे के तैसे, पहले जैसे हो जाएँगे क्योंकि उन्हें पैसों का सही उपयोग किस प्रकार करें, इस बात की समझ नहीं है। एक प्रतिशत लोग ही 'समृद्धि ज्ञान' को, जो उस पुस्तक में लिखा गया है, महत्त्व देंगे। यह ज्ञान मिलने के बाद पैसे का वृक्ष आपके जीवन में फैलता रहेगा इसलिए पैसे की सही समझ प्राप्त करने में देरी न करें।

लोग समृद्धि के ज्ञान को महत्त्व नहीं देते बल्कि अस्थायी आनंद को, जो कि कुछ समय बाद खत्म होनेवाला है, महत्त्व देते हैं। आपको अब पैसे की समझ बढ़ानी है, पैसों के निवेश का सही चुनाव करना है, समृद्धि का ज्ञान इस पुस्तक द्वारा बढ़ाना है।

अब तक बताए गए नियमों के आधार पर चलकर आप देखेंगे कि आपके जीवन में पैसे की बढ़ोतरी के साथ-साथ आपको समाधान, संतुष्टि और आनंद भी मिलेगा। इस आनंद को पाकर आपको किसी धनवान से ईर्ष्या रखने की आवश्यकता नहीं रहेगी क्योंकि आप खुद समृद्धि को, आनंद के द्वारा अपने जीवन में आकर्षित करने का नियम जान चुके हैं।

पैसा कमाने के लिए मेहनत से भागें नहीं, जागें।

१७

पैसेवालों के प्रति ईर्ष्या, द्वेष न हो

पैसे का आदर हो

समृद्धि चाहते हैं तो समृद्ध लोगों (अमीरों) से नफरत नहीं करनी चाहिए।

पैसे के मामले में इंसान अकसर यह गलती कर बैठता है कि अमीर इंसान को देखकर वह ईर्ष्या और जलन का शिकार होता है। **आप पैसेवाले बनना चाहते हैं और पैसेवालों से नफरत कर रहे हैं तो पैसेवाले कैसे बनेंगे**? यह ईर्ष्या और नफरत, समझ और प्रेरणा प्राप्त करके बंद हो जाए तो आप लक्ष्मी का स्वागत कर पाएँगे।

आप जब पैसे के लिए खुले हैं, तब लक्ष्मी आपके पास आती है, वरना किसी अमीर को देखकर आपके मन में उसके प्रति ईर्ष्या, जलन हो रही है तो आप अज्ञान में अपने ही पैरों पर कुल्हाड़ी मार रहे हैं, आनेवाली लक्ष्मी को ठोकर मार रहे हैं। ऐसा न करके दूसरों की उन्नति पर सदा उन्हें बधाई दें। किसी की लॉटरी लगी हो तो खुश हो जाएँ और उसे बधाई दें। उससे कहें, 'हमें आपका पता बताएँ।' वह कहेगा, 'किसका पता बताऊँ, आपको तो मालूम ही है कि मैं कहाँ रहता हूँ।' तब उससे कहें, 'पुराने घर का पता नहीं माँग रहे हैं, अभी जो आप नया बंगला लेंगे, उसका पता बताएँ, हम वह पता पूछ रहे हैं।' यह सुनकर सामनेवाला भी कितना खुश होगा कि मैं नया बंगला ले रहा हूँ तो आपको भी उसकी खुशी हो रही है।

खुश होने का कारण यह है कि यदि आपके अड़ोस–पड़ोस में किसी की लॉटरी लग सकती है तो आपकी भी संभावना है। यदि आपके अड़ोस–पड़ोस में भी कोई अमीर हो रहा है तो कल आप भी हो सकते हैं इसलिए 'सामनेवाले के पास फलाँ–फलाँ चीज़ है, मेरे पास नहीं है' यह कहने के बजाय, उससे प्रेरणा लें। उसके लिए जलन और द्वेष रखकर आप अपने लिए रुकावट पैदा कर रहे हैं। इस तरह के छोटे–छोटे ब्लॉक डालना बंद कर दें।

दिवाली में हर एक के घर में लक्ष्मी पूजन होता है, जो इस बात का प्रतीक है कि आप पैसे का आदर (रिस्पेक्ट) कर रहे हैं, आप उस पैसे के लिए ग्रहणशील हो रहे हैं। लक्ष्मी के प्रति आदर इस बात का संकेत है कि पैसा आपकी ज़िंदगी में आए। रुपयों को यदि कागज़ की पुड़ियाँ समझकर जेब में ठूँस रहे हैं तो आप उसका निरादर कर रहे हैं, आदर नहीं कर रहे हैं। आप पैसा सँभालकर, ढंग से, पर्स में रखते हैं यानी उसका आदर कर रहे हैं। इस तरह पैसे की तरंग और आपकी तरंग एक हो रही है, आपकी ट्यूनिंग हो रही है। जिस चीज़ से हम तालमेल रखते हैं, वह चीज़ हमारे पास सहजता से आती ही है।

उदाहरण के तौर पर आप बस में जा रहे हैं, टिकट निकालते हैं और कंडक्टर कहता है, 'छुट्टे पैसे नहीं हैं, अठन्नी बाद में देता हूँ' मगर कंडक्टर बाद में देता ही नहीं। आप भी सोचते हैं, 'जाने दो... ५० पैसे ही तो हैं, छोड़ दो' तो आप पैसे का आदर नहीं कर रहे हैं। हालाँकि ५० पैसे की आपके लिए बड़ी कीमत नहीं है मगर वे आपके हक के पैसे हैं, जो आपको उस कंडक्टर से वापस माँगने चाहिए, माँगने में शर्माना नहीं चाहिए। वही अठन्नी लेकर किसी भिखारी को देंगे तो चलेगा मगर उस कंडक्टर से ज़रूर लें। यह इस बात का संकेत है कि आपको उस पैसे के प्रति आदर है, आप उसके लिए गैरज़िम्मेदार नहीं हैं। कुछ लोग सोचते हैं, '२५–५० पैसे से क्या फर्क पड़ता है, हम तो बहुत अमीर हैं।' नहीं, आप यहाँ पर गलती कर रहे हैं। आपको अपने पैसों के लिए माँग करनी ही चाहिए। किसी कारणवश सामनेवाला नहीं दे पाता है तो ठीक है परंतु अपनी तरफ से आप प्रयास ज़रूर करें, अपनी तरफ से उससे ज़रूर पूछें। इसका अर्थ सामनेवाले से झगड़ा करना है, ऐसा नहीं है मगर अपनी ओर से ज़रूर कहें, 'छुट्टे आ गए हों तो दे दो, मेरा स्टॉप आ रहा है।' फिर

भी उसके पास छुट्टे न हों तो ठीक है, आप उतर जाएँ। मगर आप ५० पैसे के लिए भी रुकें, उसे छोड़ें नहीं। इसे कहा गया है, **'पैसे के लिए आदर हो।'** जब आप पैसे को आदर देंगे तो पैसा भी आपको आदर देगा वरना कुछ लोग पैसे फेंककर देते हैं। आपको दोनों अतियों में नहीं फँसना है, न फेंकना है, न छिपाना है। उसे सही ढंग से, समझ के साथ इस्तेमाल करना है।

दूसरों की समृद्धि देखकर खुश हों,
जिससे आप समृद्धि के लिए ग्रहणशील बनेंगे।

१८

पैसे का इस्तेमाल स्वास्थ्य और आनंद बढ़ाने के लिए हो

पैसे का अहंकार न हो

जिनके पास हुनर अथवा कोई कला है,
उन्हें पैसे की चिंता नहीं रहती
इसलिए हुनर सीखने में पैसा लगाएँ।

'पैसा' अपने आपमें बुरा नहीं है लेकिन बुराई के साथ जुड़कर वह बुरे परिणाम ला सकता है। जैसे पानी जिस बरतन में डाला जाता है, वह वैसा आकार ले लेता है। गिलास में गिलास का आकार तो मटके में मटके का आकार ले लेता है। कप के साथ जुड़कर पानी कप का आकार लेता है तो जग के साथ जुड़कर पानी जग का आकार लेता है। इस तरह सारे जग में फैला हुआ पैसा दोष रहित वस्तु है, जो अपना आकार सामनेवाले की महत्वाकांक्षा देखकर बदलता है। यदि पैसे के साथ सत्य भी जुड़ जाए और उसका अहंकार भी न हो तो आपके जीवन में पैसे का सही इस्तेमाल हुआ वरना कुछ लोगों को पैसे का अहंकार हो जाता है।

पैसा अपक्ष (न्युट्रल) है, उसमें कोई भाव नहीं है, उसका अहंकार करने की ज़रूरत नहीं है। जिस प्रकार के इंसान के पास पैसा जा रहा है, वह पैसा उसी तरह बन जाता है। बुरे के साथ बुराई में साथ देता है, अच्छे के साथ अच्छाई में साथ देता है। **समझ है तो पैसा वरदान है वरना अभिशाप है।**

एक दु:खी इंसान को पैसा दिया गया तो वह पैसा उसका दु:ख और बढ़ाएगा

क्योंकि दुःख में समझ न होने के कारण चेतना का स्तर नीचे गिरता है। किसी अभिमानी इंसान को पैसे देंगे तो वह और अभिमानी बनेगा। पैसे के अहंकार के कारण वह हर पल यही सोचता रहता है कि... मैं यह कर दूँगा, मैं वह कर दूँगा... इस तरह वह अपना दुःख बढ़ा रहा है। किसी गुंडे को पैसा देंगे तो वह गुंडागिरी ही करेगा... सभी को परेशान करेगा। पैसा है तो वह अंदर से उछलता है... आज किसी की पिटाई की तो कल किसी की हत्या करवाता है।

एक इंसान की लॉटरी लगी थी, वह बड़े शान से घूम रहा था। रास्ते में उसे उसका मित्र मिला, जिसने कहा, 'बड़े खुश दिखाई दे रहे हो, क्या बात है?' यह सुनकर उस इंसान ने अपने मित्र को एक चाँटा मारा। इस तरह उसके पास पैसा आ गया तो बड़ी मस्ती भी आ गई थी।

उसके मित्र ने मुखिया से जाकर शिकायत की कि 'इस इंसान ने मुझे बिना कारण थप्पड़ लगाया।' मुखिया ने उस इंसान को पंचायत में बुलाकर पूछा, 'क्या तुमने इसे थप्पड़ मारा?' वह अहंकारी इंसान कहता है, 'हाँ।' तो उसे बताया गया, 'तुम्हें अपने मित्र को ५० रुपए हर्जाना देना पड़ेगा।' अहंकारी इंसान ने कहा, 'ठीक है।' उसने जेब में हाथ डाला और अपने मित्र को दूसरा थप्पड़ मारकर उसके हाथ में सौ रुपए थमा दिए। उससे जब पूछा गया, 'तुमने ऐसा क्यों किया?' तो उसने अकड़कर जवाब दिया, '५० रुपए छुट्टे नहीं थे, १०० रुपए का नोट था। एक थप्पड़ के ५० रुपए तो दो थप्पड़ के १०० रुपए हुए इसलिए मैंने एक और थप्पड़ लगाया।' इस इंसान का दिमाग कहाँ चल रहा है... वह कहाँ पर अपनी ताकत खर्च कर रहा है, उसे नहीं पता। अब उसे अपने रिश्ते-नातों की फिक्र नहीं है। इस तरह पैसा, जो वरदान था, अहंकार बढ़ाकर अभिशाप बन गया।

उस इंसान को नहीं पता कि वह भविष्य के लिए दुःख के बीज डाल रहा है। एक आनंदित इंसान को पैसा देंगे तो वह आनंद ही बढ़ाएगा। इसलिए पहले आनंदित बनें, तेज आनंद प्राप्त करें, जो हमारे अंदर ही है। उसके बाद आप पैसे का इस्तेमाल अपने व दूसरों के आनंद और स्वास्थ्य बढ़ाने के लिए ही करेंगे।

पहले लोग पैसा कमाने के लिए अपना स्वास्थ्य बिगाड़ देते हैं, फिर स्वास्थ्य पाने के लिए पैसा गँवाते हैं। पहले वे दिन-रात काम करते हैं, शरीर को तकलीफ

देते हैं, फिर बीमारी को आमंत्रण देते हैं। पैसा कमाने के लिए उनका स्वास्थ्य खराब हो जाता है। फिर उन्हें स्वास्थ्य बनाने के लिए पैसा खर्च करना पड़ता है, डॉक्टरों के चक्कर लगाने पड़ते हैं, वहाँ पैसे देने पड़ते हैं। इसी तरह एक नासमझ अमीर की ज़िंदगी चलती है। डॉक्टर ने फलाँ-फलाँ चीज़ें खाने के लिए मना कर दिया है... ये नहीं खाना है... वह नहीं खाना है। इस तरह वह जिस पेट के लिए कमा रहा था, वही बिगड़ गया, बाकी सभी ऐशो-आराम मिल गए। इसलिए पैसे के पीछे निरर्थक दौड़ बंद करें। अपने जीवन को अर्थ दें, लोगों को आर्थिक दौड़ में भागते हुए देखकर अपना लक्ष्य न भूलें।

पैसा कमाने की योग्यता बढ़ाने से ही आपके पास पैसा आएगा
इसलिए अपनी किस्मत को किस्मत के सहारे छोड़कर
योग्यता और क्षमता बढ़ाने पर काम करें।

१९

पैसे के पीछे निरर्थक दौड़ बंद करें, तुलना न करें, अनुमान न लगाएँ

लक्ष्मी से प्रार्थना करें

लक्ष्मी जब प्रसन्न होती है, तब पैसे की याद नहीं आती है। जो लोग दिनभर पैसे के बारे में सोचते रहते हैं, लक्ष्मी उनसे अप्रसन्न रहती है, फिर चाहे वे करोड़पति ही क्यों न हों।

पैसे के पीछे भागनेवाले उस पहले इंसान को पकड़ा जाए, जिसने सबसे पहले सिर्फ पैसे कमाने के लिए दौड़ लगाई। आप देखेंगे कि वह इंसान तो इस दुनिया को छोड़कर कब का चला गया है। मगर अब तो पूरी दुनिया में पैसे के पीछे सिर्फ भागदौड़ रह गई है और असली बात लोग भूल गए हैं। अधिकांश लोग दूसरों को देखकर बिना समझ के सिर्फ क्रिया कर रहे हैं।

पैसे के पीछे दौड़नेवाले लोगों के साथ क्या होता है, जब वे पैसा प्राप्त कर लेते हैं? वे अपने आपको अचानक लक्ष्यहीन महसूस करते हैं। इस अवस्था में वे और ज़्यादा पैसा कमाने का लक्ष्य बनाते हैं। इस तरह वे पैसे को लक्ष्य बनाने की अंधी दौड़ में जुड़ जाते हैं।

पैसे को प्राप्त करना गलत बात नहीं है मगर पैसे का असली उद्‌देश्य भूलना गलत बात है। पैसे के प्रति होश जगाकर यह ठान लें कि उसके द्वारा हम क्या प्राप्त करने जा रहे हैं। यह बात समझ में आ जाए तो पैसा किसी को अध्यात्म से दूर नहीं ले जाएगा बल्कि आपको मदद करेगा उस मंज़िल तक पहुँचाने के लिए, जिसके लिए मनुष्य जन्म मिला है।

तुलना न करें, अनुमान न लगाएँ

तुलना की वजह से लोग आज इतने दुःखी हैं – पड़ोसी यह कर रहा है तो मुझे भी करना है। हज़ारों लोग स्कूटर ले रहे हैं, किसी को कोई तकलीफ नहीं है, हज़ारों लोग बिल्डिंग बना रहे हैं, घर बना रहे हैं, किसी को दुःख नहीं है पर पड़ोसी ने स्कूटर ली और आपके पास नहीं है तो दुःख शुरू होता है। पड़ोसी ने बिल्डिंग बनाई तो तकलीफ शुरू हो जाती है। यही दुःख है, इंसान की सोच ऐसी ही है। मर्यादित बुद्धि से इंसान को यही लगता है कि सभी उन्नति करें मगर पड़ोसी आगे नहीं बढ़ना चाहिए। उसकी सारी तुलना सिर्फ पड़ोसी तक ही है। पड़ोसी कोई चीज़ प्राप्त नहीं कर पाता है तो इंसान को कोई तकलीफ नहीं है।

दूसरों के पास कार, बंगला देखकर कई सारे अनुमान ऐसे भी लगते हैं कि ये लोग बहुत खुश हैं क्योंकि इनके पास कार है, सभी ऐशो–आराम हैं। एक इंसान को कार में जाते देख, यह अनुमान लगता है कि उसके पास कार है तो वह कितना खुश होगा यानी कार मिली तो ही खुशी मिलनेवाली है। बाहर की चीज़ देखकर लोग सोचते हैं कि 'मुझे भी यह चाहिए' मगर जिस इंसान ने ज़िंदगीभर कार पाने के लिए इतने कष्ट सहे थे, जो कार में गया था, उसके अंदर क्या चल रहा है, यह आप नहीं जानते। हो सकता है वह शरीरहत्या (अपनी आत्महत्या) करने जा रहा हो और वह शरीरहत्या करने की जगह ढूँढ़ने के लिए कार का इस्तेमाल कर रहा हो। वह इंसान कितना दुःखी होगा, सिर्फ कार में होने की वजह से हमें उसका दुःख दिखाई नहीं दिया। वह तो बेचारा यह सोचकर जा रहा था कि किस पुल से कूदूँ...? किस पहाड़ी पर जाऊँ...? इस तरह बाहरी दिखावे पर न जाएँ, बाहर का रूप, अंदर की बात नहीं बता सकता। बाहर से हम कई लोगों को देखते हैं और सोचते हैं कि यह इंसान ये–ये कर रहा है तो मुझे भी करना है। तुलना और अनुमान में फँसकर कभी भी कोई निर्णय न लें।

लक्ष्मी से प्रार्थना करें

माया का, पैसे का चक्र तो चल ही रहा है। इस माया के चक्र से निकलने की चाहत है तो माया को यह प्रार्थना करें कि 'कृपा करो... कृपा करो – माया, खुद से हमें मुक्त करो।'

लक्ष्मीपूजन करें तो लक्ष्मी से यही प्रार्थना हो कि अब अपनी माया के चक्र से

हमें छुटकारा दिलवाओ। प्रार्थना कर रहे हैं तो भाव, श्रद्धा और विश्वास के साथ हो। वाकई माया से बाहर आना चाहते हैं तो माया प्रसन्न हो जाए...लक्ष्मी प्रसन्न हो जाए और हमें उससे बाहर निकाले। सत्यनारायणी अगर प्रसन्न हो जाए तो सत्यनारायण यानी सत्य प्रकट होने में समय नहीं लगेगा।

लक्ष्मी सबूत माँगती है

जो लोग सावधान होते हैं, लक्ष्मी उन पर प्रसन्न होती है। जो लापरवाह होते हैं, उनसे लक्ष्मी हमेशा दूर भागती है। लक्ष्मी चाहती है कि सामनेवाला पहले सबूत दे कि वह पैसे सँभाल सकता है। जो सबूत देता है, लक्ष्मी उसके पास रहती है। जब आप थोड़ा पैसा सँभाल पाते हैं, सुरक्षित रख पाते हैं, पैसे का संवर्धन कर पाते हैं, तब लक्ष्मी को विश्वास हो जाता है कि उस इंसान को ज़्यादा पैसा दिया गया तो वह उसे सँभाल पाएगा।

अकसर लोग दो अतियों में जाते हैं। कुछ लोग साँप बनकर अपनी दौलत पर बैठ जाते हैं यानी दौलत ही उनकी मालिक बन जाती है तो कुछ लोग फिज़ूल खर्च करके पैसे उड़ा देते हैं। इन दोनों अतियों में न जाते हुए आपके पास जो भी कुदरत की अमानत (आमदनी) है, उसके दस हिस्से बनाएँ और एक हिस्सा योग्य कार्य में संवर्धन के लिए लगाएँ, उसका लगातार संवर्धन करते रहें। अगर यह छोटी सी बात समझ में आ गई तो लक्ष्मी आप पर प्रसन्न रहेगी। जो पैसा आपने कमाया है, उसे तुरंत नकली शान में, पार्टियों में न उड़ाएँ। हमेशा उसकी सुरक्षा और संवर्धन का खयाल रखें।

लक्ष्मी जब प्रसन्न होती है, तब आपको पैसे की याद नहीं आती है। जो लोग दिनभर पैसे के बारे में सोचते व चिंता करते रहते हैं, लक्ष्मी उनसे अप्रसन्न रहती है, फिर चाहे वे करोड़पति ही क्यों न हों। जिन पर लक्ष्मी प्रसन्न होती है, उनके लिए ज़रूरत पड़ने पर पैसा कहीं न कहीं से आ जाता है। इसलिए लक्ष्मी से सही प्रार्थना करें और हमेशा 'ऐश्वर्य' यानी ईश्वरीय विचारों में रहें। ईश्वरीय विचारों में किसी चीज़ की कमी नहीं है। वहाँ समय, प्रेम, आनंद, पैसा, सेहत और समाधान भरपूर है।

**पहले लोग पैसा कमाने के लिए
अपना स्वास्थ्य बिगाड़ देते हैं,
फिर स्वास्थ्य पाने के लिए पैसा गँवाते हैं।**

२०

कंजूसी से मुक्ति

भरपूरता की भावना

**किसी की मदद करके आप कुदरत को ही दे रहे होते हैं,
फिर वह दान धन का हो, श्रम का हो,
प्रार्थनाओं का हो या विचारों का।**

किसान अगर अपने खेत में समय पर बीज डालने में कंजूसी करे तो आप उसे क्या कहेंगे? यही न कि 'बीजों की बचत करके तुमने कुदरत को काम करने का मौका ही नहीं दिया।'

कुदरत यानी- 'निसर्ग', 'ईश्वर', 'गुणक (मल्टिप्लायर)', जो हर एक चीज़ कई गुना बढ़ाकर हमें वापस देती है। इसलिए सर्वप्रथम हमें योग्य रूप से बीज बोना सीखना होगा।

कुदरत को हम जो देते हैं, कुदरत हमें वही मल्टिप्लाय करके वापस देती है। इसलिए देने में कंजूसी न करें। इंसान सोचता है अगर मैंने किसी को कुछ दिया तो मेरे पास जो है, वह चला जाएगा या कम हो जाएगा। लेकिन किसी ने अगर मुझे कुछ दिया तो मेरे पास नया कुछ आएगा, मेरी बढ़ोतरी होगी। इस सोच की वजह से इंसान नए प्रयोग नहीं करना चाहता और देने में सदा कंजूसी करता है। परिणामस्वरूप, वह समृद्धि से सदा वंचित रहता है।

आपके जीवन में जो भी समस्याएँ हैं, उनके लिए रोते-धोते न बैठें बल्कि उन्हें

सुलझाने के लिए बीज डालते रहें ताकि कुदरत अपना काम शुरू कर सके। कुदरत को थोड़ा भी मिले तो वह काम शुरू कर सकती है। आप भली-भाँति जानते हैं कि ज़ीरो को हज़ार, दस हज़ार, लाख, करोड़ जितने से भी मल्टीप्लाय किया जाए, ज़ीरो ही आता है। अतः विस्तार के लिए छोटा सा ही क्यों न सही लेकिन बीज बोना ज़रूरी है। एक छोटा सा बीज भी चमत्कार कर सकता है।

भावना का फल

अकसर देखा जाता है लोग विश्वास बीज डालते तो हैं मगर बीज डालते वक्त उनकी भावना सही नहीं रहती है। बीज डालने के बाद इंसान जिस भावना से उपस्थित रहता है, वही भावना काम करती है। हमारी देने की भावना और क्षमता के अनुसार ही कुदरत बीज को मल्टिप्लाय करती है। जिस इंसान को आप दान देते हैं, वह तो सिर्फ एक माध्यम है। दरअसल आप उस इंसान के माध्यम से कुदरत को दे रहे होते हैं, फिर वह दान धन का हो, श्रम का हो, प्रार्थना का हो या विचारों का।

अधिकांश लोग दान देते वक्त यही सोचते हैं- 'मैंने भिखारी को पैसे दिए... मैंने गरीब की सहायता की... मैंने मेरे दोस्त को आर्थिक मदद की... अब मेरे ये पैसे गए... समाप्त हो गए... अब वे नहीं हैं...। जैसे ब्लॉटिंग पेपर स्याही को सोख लेता है, वैसे ही सामनेवाले ने हमें (धन) सोख लिया, चूस लिया।' इस धारणा के साथ जो बीज बोया जाता है, वह जलकर नष्ट हो जाता है और अगर बीज ही नष्ट हो जाए तो कुदरत किसे मल्टीप्लाय करेगी? इंसान ठीक इस तरह न भी सोचे मगर यदि उसकी धारणा ऐसी है तो उसका परिणाम आता है।

'देकर मेरा कुछ खत्म हो गया', इस धारणा के साथ जब लोग कर्म करते हैं तो वैसा फल नहीं आता जैसा नियम कहता है। इसलिए लोग देने से कतराते हैं, लेने में ज़्यादा खुश होते हैं। लेकिन ध्यान रखें, जो मिला है, वह मल्टिप्लाय नहीं होता, जो आप देते हैं, वह मल्टिप्लाय होता है। देना-लेना दोनों अच्छी बात है। मगर दोनों में से मल्टिप्लाय कौन सा होगा? खुशी की भावना से, प्रज्ञा से दी हुई चीज़ मल्टिप्लाय होगी। कंजूस को ये बातें मालूम पड़ जाएँ तो वह कंजूस रहेगा नहीं।

अगर आप कंजूसी से मुक्त होकर धनवान बनना चाहते हैं तो यह समझ सदा

याद रखें- 'हर क्षण इंसान का लेन-देन सिर्फ कुदरत के साथ हो रहा है।'

इसलिए जब भी आप कोई दान दें तो कहें- 'यह मैं किसी इंसान को नहीं बल्कि कुदरत को दे रहा हूँ, जो बहुत बड़ा गुणक (मल्टीप्लायर) है। कुदरत मुझे हर चीज़ मल्टीपल्स में लौटाती है।' इस सही भावना से किया हुआ दान आपको समृद्धि आकर्षित करनेवाला चुंबक बनाएगा।

अतः आप जो भी दें, उसके साथ खुशी की भावना जोड़ें, सही समझ रखें ताकि देनेवाला (ईश्वर, कुदरत) आपको हर चीज़ भरपूर दे सके। यही जीवन का रहस्य है।

कुदरत की बैंक

कुदरत एक बहुत बड़ी बैंक है और जैसे बैंक के कुछ नियम होते हैं, वैसे ही कुदरत नामक बैंक के भी कुछ विशेष नियम हैं।

१) आप जो देते हैं, कुदरत हमेशा उसका गुणाकार (मल्टीप्लिकेशन) करके देती है।

२) इस बैंक में सभी का खाता है मगर कुछ ही लोग इस खाते में डिपॉजिट करना चाहते हैं। अधिकांश लोग तो खाते से पैसा निकालने (कॅश विड्रॉवल) में दिलचस्पी दिखाते हैं।

३) यह बैंक उन्हें ही भरपूर प्रेम, पैसा, समय, ध्यान इत्यादि देती है, जो लेने में नहीं बल्कि 'देने' में दिलचस्पी दिखाते हैं।

४) यह बैंक अदृश्य में काम करती है इसलिए इसका कार्य किसी को नहीं दिखता।

५) यह बैंक असीम, अनंत और समृद्ध है। अगर आपको इस बैंक से भरपूर धन-दौलत चाहिए तो पहले आपको इस बैंक को विश्वास, श्रद्धा देनी होगी।

६) अगर आप किसी ज़रूरतमंद को मदद कर रहे हैं तो समझ यह रखें कि 'मैं कुदरत नामक बैंक में डिपॉजिट कर रहा हूँ। मैं किसी इंसान या संस्था को नहीं बल्कि कुदरत को ही दे रहा हूँ।'

७) कुदरत नामक बैंक यह नहीं जाँचती कि आपके पास कितना धन है बल्कि वह यह जाँचती है कि आपके पास कौन सा भाव है। अगर आप कंजूसी के भाव

में जीवन बिता रहे हैं तो कुदरत आपकी सहायता नहीं कर सकती।

८) अगर आपके अंदर 'भरपूरता' की भावना है तो कुदरत आपको हर चीज़ भरपूर मात्रा में देती है। फिर चाहे वह धन हो या ध्यान, प्रेम हो या ज्ञान, भक्ति हो या शक्ति। इसलिए भरपूरता के भाव में रहें और कुदरत की उदारता का अनुभव करें।

ध्यान रखें, आपका संपर्क केवल सोर्स (सेल्फ) से यानी कुदरत से है। जब भी आप किसी की सहायता कर रहे हैं तब वास्तव में आप खुद की ही मदद कर रहे हैं। इसलिए आपके पास जो उच्चतम चीज़ें हैं, वे दूसरों को देना शुरू करें ताकि आपके जीवन में उच्चतम चीज़ों का बहाव शुरू हो।

मानो, आपकी कोई ड्रेस, जो आपको बिलकुल पसंद नहीं है। आप सोचते हैं- 'वैसे भी यह मुझे पसंद नहीं है, क्यों न इसे दान कर दूँ। इसी बहाने दान देना भी हो जाएगा।' मगर यह दान देने का सही तरीका नहीं है। आपके पास जो उच्चतम है, वह देना सीखें। नापसंद ड्रेस भी दें लेकिन साल में एक बार तो अपनी पसंदीदा पोशाक (क्वॉलिटी टाईम, इनर्जी) किसी ज़रूरतमंद को दें। ऐसा करके आप कंजूसी से मुक्त होंगे।

मनन करें, 'मैं कहाँ-कहाँ पर कंजूसी करता हूँ?' नीचे कुछ विकल्प दिए गए हैं। अगर आप आज की तारीख में किसी बात को लेकर कंजूसी कर रहे हैं तो उस विकल्प के सामने टिक करें।

किसी ज़रूरतमंद को आर्थिक मदद करना

किसी के अच्छे गुणों की प्रशंसा करना

किसी को ज़रूरी चीज़ें देना (कपड़े, खाना आदि)

किसी समस्याग्रस्त को सलाह देना

कुदरती हादसे में श्रम दान करना

विश्व शांति के लिए प्रार्थना करना

कई लोग बताते हैं, हम जब शहर में आए थे, तब हमारी जेब में सिर्फ सौ

रुपए थे मगर आज हमारी खुद की कंपनी है, हम फलाँ कंपनी के मालिक हैं। तो क्या आपने कभी सोचा है कि शुरू में उन्होंने कौन सा बीज डाला था? और उस पर कैसा कार्य हुआ है? दिन-रात की मेहनत, कुछ कर गुज़रने का जज़्बा, विनम्रता, मुश्किलातों का मुकाबला करने की तैयारी, किसी को की गई मदद, इन बोए हुए बीजों का परिणाम है कि आज वे आगे तक पहुँच पाए। अमीर होने के बाद अगर वे धन जाने के डर से कंजूस बनते हैं तो उन्हें खुद की पूर्व अवस्था याद दिलानी चाहिए कि 'मैंने शुरुआत कैसे की थी? उस वक्त मेरा विश्वास कैसा था?' यह सब याद आने से फिर से पुराना विश्वास लौट आएगा और डर के साथ-साथ कंजूसी भी गायब हो जाएगी।

विश्वास का बीज, भरपूरता की फसल

विश्वास जब हमारा बीज बनता है, तब हम भरपूरता और आश्चर्य की फसल प्राप्त करते हैं। इसके विपरीत 'कंजूसी' जब हमारा बीज बनता है, तब हमें 'अभाव', 'दरिद्रता' और 'अविश्वास' की फसल मिलती है। मनुष्य जीवन का उद्देश्य है, जीवन के हर स्तर पर भरपूरता का अनुभव करना और हर सूक्ष्म कंजूसी से मुक्त होना। यदि हम कंजूसी से वाकई मुक्त होंगे तो ही हम विश्व की समस्याओं के लिए 'विश्वास बीज' बो पाएँगे, फिर चाहे वह भ्रष्टाचार हो, भुखमरी हो, आतंकवाद हो या प्रदूषण की समस्या! विश्व की हर समस्या को विलीन करने के लिए सबसे पहले हमें कंजूसी की वृत्ति से मुक्त होना होगा।

यदि हमारे अंदर 'देने की' अवस्था और 'भरपूरता' का भाव होगा तो हम हर समस्या के लिए सही विश्वास बीज डाल सकते हैं। कंजूसी से मुक्त होते ही हमें समस्या के रचनात्मक समाधान दिखने लगते हैं और एक ही समस्या सुलझाने के अनेक विकल्प हमारे सामने आते हैं। जो कंजूसी से मुक्त हुए हैं, उनके द्वारा ही ज़्यादा से ज़्यादा रचनात्मक कल्पना आविष्कृत हुई है। अन्यथा 'कंजूसी' की वृत्ति रुकावट बनकर हमारे जीवन में सहजता से बहनेवाला समृद्धि का प्रवाह रोक देता है।

विश्वास जब हमारा बीज बनता है,
तब हम भरपूरता और आश्चर्य की फसल प्राप्त करते हैं।

२१

धन, दौलत, दान, तरीका और समाधान प्राप्त करें

विश्वास बीज

पैसे से सुविधाएँ इकट्ठी करके
जब कोई सुस्त बन जाता है
तब पैसा अभिशाप बन जाता है।

लोगों की मन्नतें, जो वे मंदिरों, पहाड़ों, झरनों, नदियों के सामने रखते हैं, वे विश्वास की शक्ति से ही पूर्ण होती हैं। ये मन्नतें लोग कोई कर्मकाण्ड करके, दान करके, उपवास रखकर करते हैं। ये तरीके विश्वास बीज का काम करते हैं। विश्वास का यह बीज उनके जीवन में चमत्कार लाता है।

जो लोग विश्वास बीज डाल पाते हैं, उनके कार्य पूर्ण होते हैं। आप यदि अंधविश्वास से बीज डाल रहे हैं तो आपको पता ही नहीं है कि आपको क्या मिलनेवाला है। इस तरह आप सदा दुःख-सुख के खेल में ही जीते रहते हैं।

आप होश में विश्वास बीज डालेंगे तो आपको वह चमत्कार मिलेगा जो आपकी ज़रूरत है। आज आप जिस अवस्था में हैं, वहाँ आपको एक चमत्कार की आवश्यकता है, जो चमत्कार आपको पैसे की समस्या से बाहर निकालेगा। वह चमत्कार आपके जीवन में आए, उसके पहले आपको कुछ बोना पड़ेगा, वह है, विश्वास बीज।

विश्वास का नियम

विश्वास एक ऐसी सशक्त शक्ति है, जो आपके आर्थिक यश के लिए कारण बनती है। आप जो भी विश्वास रखते हैं, वह सच होता है।

सफल इंसान को अपने सफल होने की क्षमता पर पूर्ण भरोसा होता है और वह असफलता की संभावना के बारे में न तो चिंता करता है, न ही कहता है। उसका यह विश्वास उसे सफलता दिलाता है। असफलता का विचार उसे नहीं सताता इसलिए नकारात्मक शंकाएँ उसके काम में बाधा नहीं बनतीं।

आपको धैर्य के साथ अपने विश्वास पर कार्य करना है। अपने सांपत्तिक लक्ष्य को प्राप्त करने के लिए आपको इस विश्वास पर पूर्ण विश्वास करना चाहिए कि आपका लक्ष्य पूर्ण होने ही वाला है। यह विश्वास आपको अपने लक्ष्य तक पहुँचने के लिए महत्वपूर्ण कदम है। विश्वास के साथ-साथ सकारात्मक सोच भी रखें। हमेशा सकारात्मक सोचते हुए आप यह जानते हैं कि चाहे कुछ भी हो जाए आप सफलता हासिल करेंगे। सफलता पाने का विश्वास यदि आपके अंदर है तो विश्वास बीज भी डालना सीखें। विश्वास बीज डालने के लिए यह देखें कि आपने आज तक क्या बोया और क्या पाया है। आप वही पाएँगे जो आपने बोया है, यह कुदरत का नियम है। आपने वही हासिल किया है, जो आपने अपने जीवन एवं कार्य में डाला है। अगर कठोर मेहनत, नियमों का पालन, अनुशासन (डिसिप्लिन) और आत्मविश्वास को अपनाया गया तो आपको सम्मान, प्रेम और धन-दौलत ज़रूर प्राप्त होगी। आप वही फल पाएँगे जो बीज आपने बोया है। प्रकृति अपने नियमों पर बड़ी दृढ़ होती है, इन नियमों में हेर-फेर नहीं होती।

आप आज वही पा रहे हैं जो आपने भूतकाल में बोया था। अगर आप अपने जीवन के हर पहलू पर गौर करेंगे, अपने आस-पास देखेंगे, आपका जीवन, आपकी दौलत, आपके रिश्ते, आपके काम का तरीका और आपके रिश्तेदारों की खुशी, आपके कार्य क्षेत्र की सुरक्षा इत्यादि तो आप पाएँगे कि आपने जो पहले बोया था, वही आज आप पा रहे हैं।

अगर किसी कारणवश आप अपने जीवन में हो रही बातों से नाखुश हैं तो

आप आज जो बो रहे हैं, उसे बदल दें। आप अगर नकारात्मक चीज़ें बो रहे थे तो उन्हें सकारात्मक बीजों की तरफ मोड़ दें। आगे आप अपने जीवन में कुछ अलग या विशेष चाहते हैं तो आपको कुछ अलग या विशेष बोना होगा। जैसे किसान अपने खेत में अलग-अलग बीज बोता है ताकि अलग-अलग अनाज भरपूर मात्रा में पा सके, इसी प्रकार आपको अलग-अलग विचार एवं क्रियाओं (कर्मों) को बोना होगा ताकि कुछ अलग, अनोखा और बेहतरीन परिणाम मिले।

उच्चतम पाने के लिए, उच्चतम को, उच्चतम दें

किसान ने अगर मकई की खेती की है तो वह अगली फसल के लिए सबसे उच्च कोटि के बूटे निकालकर रखता है। वह खराब दानों को बोने के लिए नहीं रखता। वह ऐसा इसलिए करता है ताकि अगली फसल और बेहतर, सुंदर और पौष्टिक हो लेकिन इंसान ऐसा नहीं करता। किसान उच्चतम चुनता है, उसे यह रहस्य पता है, 'उच्चतम पाने के लिए, उच्चतम को, उच्चतम देना चाहिए।'

आप अपने आपसे पूछें, 'मैंने अपनी ओर से क्या उच्चतम दिया है?' आप मंदिर में गए तो क्या देकर आए? नारियल, फूल, प्रार्थना, प्रसाद, प्रेम, भावना, किसी गलत आदत का त्याग, प्रण या केवल घूमने जाने के लिए मंदिर जाकर आए? आप अपनी ओर से प्रकृति (ईश्वर) को क्या दे रहे हैं? जब आप कुछ देते हैं, कोई बीज बोते हैं, तब ही ईश्वर उस बीज को कई गुना बढ़ाने के लिए, उस बीज को वृक्ष बनाने के लिए उस बीज पर काम करता है। ईश्वर हमें कहता है कि 'तुम मुझे कुछ दो तो मैं उसे बढ़ाने के लिए काम शुरू करूँ।' आप ईश्वर से सफलता, सुविधा, सुरक्षा, प्रेम, आत्मविश्वास, शोहरत, पैसा चाहते हैं मगर बदले में ईश्वर को पहले काम करने के लिए क्या दे रहे हैं?

आपने यह देखा है कि बीज ज़मीन में डाला तो कई गुना बढ़कर फसल आती है। यह देखकर सभी को खुशी और आश्चर्य होता है, सभी की आँखें खुली की खुली रह जाती हैं। सभी प्रकृति की इस देन को देखकर आनंद महसूस करते हैं। ये सब चमत्कार उच्चतम बीज, उच्चतम ज़मीन में, उच्चतम समय पर डालने से हुआ।

किसान ज़मीन में बीज डालकर एक साल के लिए कभी चला नहीं जाता। वह

खेत का खयाल रखता है, प्रतीक्षा करता है। आप भी किसान की तरह बनें, विश्वास बीज डालकर ज़मीन छोड़कर न जाएँ। आप विश्वास बीज (दान, किसी की सहायता, किसी का दुःख सुनना, किसी को समय देना, किसी के लिए प्रार्थना करना, किसी की सेवा करना, किसी को पढ़ाना, किसी के विकास के लिए निमित्त बनना, किसी को पैसे की मदद करना, किसी की अपनी शक्ति से समस्या सुलझाना, किसी को खाना खिलाना, किसी रोगी को दवा दिलाना, किसी का अज्ञान दूर करना, ये सब विश्वास बीज हैं, जिन्हें) डालकर वहाँ से चले न जाएँ। आप निराश हुए यानी आपने ज़मीन छोड़ दी और ईश्वर से उम्मीद करना छोड़ दिया, ऐसा कभी न करें।

इंसान कर्मभूमि छोड़कर इसलिए चला जाता है क्योंकि उसके जीवन में कुछ परेशानियाँ आती हैं, जिन्हें देखकर उसका विश्वास डगमगाने लगता है। कुछ परेशानियाँ पड़ोसी से आती हैं, कुछ पति या बीवी से आती हैं। कुछ परेशानियाँ बॉस, वातावरण, स्वास्थ्य, अखबार, टी.वी. से आती हैं। ये परेशानियाँ कहीं से भी आएँ, आपकी समझ यह हो कि ये परेशानियाँ आपको जीवन के सबक सिखाने के लिए आई हैं। आपने विश्वास बीज डाला है तो रुकें यानी पूरे विश्वास और धीरज से प्रतीक्षा करें कि आपकी परेशानी अब विश्वास बीज डालने की वजह से चमत्कारिक ढंग से दूर होगी। ईश्वर आपको आपके डाले हुए विश्वास बीज पर काम करके धन, दौलत, समाधान वापस दे रहा है, हज़ार गुना बढ़ाकर दे रहा है, थोड़ा रुकें, थोड़ा विश्वास रखें।

आपने आज तक बहुत कुछ किया है, ईश्वर को बहुत कुछ दिया भी है यानी कई विश्वास बीज डाले हैं। लेकिन ये बीज आपने बेहोशी में डाले हैं। आपने बदले में सदा दूसरों से उम्मीद की है। आपने ईश्वर से उम्मीद करना छोड़ दी है। ये बेहोशी, अविश्वास और अज्ञान ही दुःख का कारण है। आपने ईश्वर को कभी काम करने का मौका दिया ही नहीं है इसलिए तो उस विश्वास बीज का फल आपको नहीं मिला। जैसे कोई बैंक में चेक डाले और कैश लेने के लिए वहाँ रुके ही नहीं तो उसे पैसे नहीं मिलते। आप ऐसी गलती न करें। विश्वास बीज डालकर यानी ईश्वर के बंदों की मदद यह सोचकर करें कि 'यह मदद मैं ईश्वर को विश्वास बीज के रूप में दे रहा हूँ', आप ईश्वर से ही उम्मीद रखें। ईश्वर बदले में आपकी हर कमी को पूरा करेगा।

हम देना भूल गए हैं, हमारा तर्क यह है कि देने से कम होता है या खो जाता है लेकिन हकीकत यह है कि जो भी शुभ या पुण्य है, वह देने से बढ़ता है। बाँटने से सुख कई गुना बढ़ जाता है, रोकने से घटता है, सुख मरता है इसलिए दूसरों को देना सीखें।

इस जगत में एक भी ऐसा इंसान नहीं, जिसके पास देने के लिए कुछ भी नहीं है। किसी के आँसू तो पोंछ ही सकते हैं, राह के काँटे हटा सकते हैं, किसी दु:खी को एक पल हँसा सकते हैं, किसी के लिए प्रार्थना कर सकते हैं, किसी को समय दे सकते हैं, किसी को सही जानकारी दे सकते हैं। क्या दिया, कितना दिया, इस पर ज़ोर नहीं, दिया, यही मुख्य बात है। जिसने दिया उसे बहुत मिला और जिसे बहुत मिला उसने और ज़्यादा दिया। इसी तरह यह धर्म चक्र चलता रहता है। दान देना 'विश्वास बीज' है, जो ज़मीन में डालने पर फसल देता है। ईश्वर अपना काम शुरू करने के लिए 'विश्वास बीज' चाहता है लेकिन लोग बिना 'विश्वास बीज' डाले ईश्वर से प्रार्थनाएँ (माँग) करते रहते हैं और शिकायत करते हैं कि उनकी प्रार्थना पूरी नहीं होती इसलिए पहले ईश्वर के काम करने का तरीका समझें।

'विश्वास बीज' रुपए, समय या किसी के लिए की गई बेशर्त मेहनत भी हो सकता है। 'विश्वास बीज' डालकर आप चमत्कार की उम्मीद कर सकते हैं।

'दान' देना जितना आवश्यक है, उतना ही यह आवश्यक है कि जिसे दान दिया जा रहा है, वह कितना पात्र है। यदि सामनेवाले की पात्रता देखकर दान किया जाए तो उसका उत्तम फल आता है, महाफल आता है।

यह सोचें कि किसे दान दें

१. हत्यारे को पैसे देंगे तो वह हथियार लाएगा।
२. शराबी को पैसे देंगे तो वह शराब पीएगा।
३. भोगी को पैसे देंगे तो वह भोग विलास में गँवाएगा।
४. रोगी को पैसे देंगे तो वह दवाई लाएगा।
५. किसी खोजी को पैसे देंगे तो वह सत्य की खोज में जुट जाएगा।

६. किसी तेज सेवक को पैसे देंगे तो वह सेवा को बढ़ाएगा।

इसलिए दान देते वक्त नीचे दी हुई बारह खबरदारियों को अवश्य ध्यान में रखें व अमल करें :

१. हम अपनी ज़रूरत से निकालकर दान करें।
२. देने के शुद्ध आनंद के भाव से तथा खुले मन से दान करें।
३. समझ (Understanding) के साथ दान करें, निमित्त बनें।
४. जिसे दे रहे हैं, उसकी पात्रता देखकर दें, पात्रता जाँच लें।
५. जिसे दें, वह पाकर, दीन-हीन (Inferior) महसूस न करे, इस बात का खयाल रखें।
६. छोटे दान को छोटा न समझें।
७. दूसरे हमारी तारीफ करें, इस इच्छा से दान न करें।
८. दूसरों की ज़रूरत के अनुसार दान दें।
९. दान सौदेबाजी या व्यापार न हो, बेशर्त हो।
१०. धनसेवा से मालकियत (मेरे) का भाव (मेरा घर, मेरे बच्चे, मेरा धन) टूटे। मिल-बाँटकर, भाईचारे से जीने की कला मिले, माया से मुक्ति मिले।
११. दूसरों को आत्मनिर्भर बनाने के लिए दान दें तो यह उत्तम होगा।
१२. जिसे दें, उसे धन्यवाद की दक्षिणा भी अवश्य दें, जिससे अहंकार नहीं बढ़ेगा।

एक दिन की बात है, जब जीज़स ने किसी त्योहार के उत्सव में लोगों को धार्मिक स्थान पर दान करते देखा। जीज़स ने दिन के अंत में यह घोषणा की कि 'आज का सबसे बड़ा दान एक बुढ़िया के द्वारा दिया गया है।' लोगों को आश्चर्य हुआ। वे उस बुढ़िया को ले आए। बुढ़िया से जब पूछा गया तो उसने बताया कि उसने एक चवन्नी दान की है। सभी ने क्रोध में आकर जीज़स से पूछा कि 'इतना छोटा दान सबसे बड़ा दान कैसे हुआ?'

इस पर जीज़स ने समझाया कि 'जिन लोगों ने हज़ार दिए, उनके पास करोड़ हैं, उन करोड़ों से कुछ हज़ार निकल जाए तो उन्हें कोई फर्क नहीं पड़ता लेकिन इस बूढ़ी माँ के पास आज यह चवन्नी ही थी, इस चवन्नी की इसे खुद बहुत ज़रूरत थी। इसने अपनी ज़रूरत में से सारा दिया इसलिए यह दान आज का सबसे बड़ा दान हुआ।' सभी की गर्दन इस जवाब से झुक गई। वे यह बात समझ गए कि धनी पुरुषों द्वारा दिए गए लाखों रुपयों के दान से निर्धन का थोड़ा सा दान भी अधिक महत्त्व रखता है क्योंकि निर्धन के लिए थोड़ा सा दान भी बहुत बड़ा त्याग है। आप भी यदि दान करें तो सच्चा दान करें।

आप जीवन में क्या चाहते हैं, यह पक्का करें। क्या आप ज्ञान, आत्मविश्वास, स्वबोध चाहते हैं या सुख-सुविधा, लाभ-सुरक्षा, धन-दौलत चाहते हैं? पहले यह फैसला करें, फिर ईश्वर को बताएँ (प्रार्थना करें) कि 'अब मैं अपना बेस्ट (प्रेम, पैसा, ताकत, ध्यान, ज्ञान, वक्त इत्यादि) देने जा रहा हूँ और फिर तुम्हारा बेस्ट मैं चाहूँगा।' ईश्वर से भीख नहीं माँगनी है। ईश्वर नहीं चाहता कि कोई उससे भीख माँगे।

ईश्वर अपने नियमों अनुसार इंसान को सब कुछ भरपूर देना चाहता है। ईश्वर इन नियमों का ज्ञान हमें प्रकृति के द्वारा दे रहा है। प्रकृति में एक बीज अनेक बीजों का निर्माण करता है। काँटों का बीज (अविश्वास बीज) काँटों के अनेक बीजों (दुःखों) का निर्माण करता है। फल-फूलों का बीज (विश्वास बीज) फलों के अनेक बीजों (सुखों) का निर्माण करता है। उसी तरह हमारा हर सुकर्म जैसे कि दान देना, किसी की सहायता करना, किसी का दुःख बाँटना, किसी को ध्यान से सुनना, किसी को समय देना, किसी के लिए प्रार्थना करना, किसी की सेवा करना, किसी को पढ़ाना, किसी के विकास के लिए निमित्त बनना, किसी को पैसे की मदद करना, किसी की अपनी शक्ति से समस्या सुलझाना, किसी को खाना खिलाना, किसी रोगी को दवा दिलाना, किसी का अज्ञान दूर करना, विश्वास बीज है। यह विश्वास बीज हमारे जीवन में चमत्कार कर सकता है। समृद्धि बढ़ाने के लिए प्रकृति के इस नियम को आज से ही अपने जीवन में इस्तेमाल करना शुरू करें।

उदारता की भावना और कर्म

इस दुनिया में दो प्रकार के लोग होते हैं। एक जिन्हें दौलत को इकट्ठा करके,

सुरक्षित तौर पर रखना आता है और दूसरे वे जो अपनी दौलत से सिर्फ अपने जीवन को खुश नहीं करते बल्कि अपनी उदारता से औरों के जीवन में भी आनंद भर देते हैं। सही सफल वही है, जो दूसरों के जीवन में बदलाव लाता है और अपनी दौलत का उदारता से इस्तेमाल करता है। हम किस प्रकार उदार इंसान बन सकते हैं? हमारी उदारता की भावना अपने कर्म में कैसे लाएँ? हमें यह विचार करना चाहिए।

पहले इस सोच से बाहर आ जाएँ कि पैसा आपको सुरक्षा देगा! पैसा आपको सुरक्षा नहीं देगा। वह शायद आपको सुरक्षा का एहसास दिलाए या शायद कोई भी चीज़ खरीदने के योग्य बनाए किंतु सभी पैसा पलभर में अदृश्य हो सकता है। इतिहास में ऐसे गरीब लोगों का वर्णन है जो कभी अमीर हुआ करते थे और एक दिन अपना सब कुछ गँवा बैठे। दुनिया में यह सबसे बड़ी गलतफहमी है कि पैसे से हम सब कुछ कर सकते हैं, उसे हमेशा अपने पास रख सकते हैं। जब हम देना सीखते हैं, तब वह हम पर केवल भावनात्मक रूप से असर नहीं करता बल्कि हम सुरक्षा खत्म होने के डर से भी बाहर आने लगते हैं।

दूसरा उन खुशियों पर ध्यान दें जो आपकी उदारता की वजह से दूसरों ने पाई हैं। दुनिया में ऐसे बहुत से लोग या संस्थाएँ हैं, जिन्हें आपकी उदारता के कारण सहायता मिल सकती है। इस सहायता से वे बहुत अधिक लोगों का भला कर सकेंगे। इसका नतीजा यह होगा कि वे अनेक दुखियों की सहायता करेंगे। याद रहे कि आपकी व्यवस्था के अनुसार मुसीबत के समय दिया गया छोटा सा तोहफा भी बड़ा काम में आता है। शायद आज आप ३०० रुपए देने की हैसियत नहीं रखते लेकिन एक वर्ष तक हर महीने २५ रुपए तो दे सकते हैं।

उदारता के साथ सामान्य ज्ञान ज़रूर रखें। अगर आप पैसे के प्रति बुद्धिमानी बरतते हैं तो आप अपने आपको अपनी उदारता के कारण किसी भी पैसे की समस्या में नहीं उलझाएँगे। दोपहर का भोजन कराने से बैंक बैलेंस खत्म नहीं होता। अपने मित्रों के लिए और रिश्तेदार के लिए कुछ अच्छी बातें करें, उसके बाद आप अपने रिश्तों में मधुरता पाएँगे।

जो दानी होते हैं, जो औरों की सहायता करते हैं, उन्हें वे सभी सुख प्राप्त होते हैं, जिनकी उन्हें ज़रूरत होती है। जॉन वैसले का एक सिद्धांत प्रसिद्ध है, 'जो भी तुम

कमा सकते हो कमाओ, जो भी दे सकते हो दो, जो भी बचा सकते हो बचाओ' यह सिद्धांत हमारे पैसे को सही स्थिति में लाता है। यह सफल इंसान की चाभी है इसलिए देखें कि आपके क्षेत्र में सफल लोगों की आमदनी ज़्यादा क्यों है? ढूँढ़ें कि वे औरों से ऐसा क्या अलग करते हैं, जो दूसरे नहीं करते? हर दिन उनके अकल की नकल अकल से करें। इस तरह जीवन में दिखाई देनेवाले सभी लोगों का निरीक्षण करके समृद्धि के नियम सीखें।

पैसे के प्रति आदर हो, आसक्ति न हो,
पैसे के प्रति प्रेम हो, मोह न हो,
पैसे के प्रति समझ हो, अज्ञान न हो,
पैसे के प्रति मनन हो, चिंता न हो,
पैसा इस्तेमाल करने की वस्तु हो, भगवान न हो।

२२

समय भी पैसा है

सही कार्य नियोजन

पैसे को अपने जीवन में न कम न ज्यादा बल्कि योग्य स्थान दें।
पैसा, पैसा है, उसे इस्तेमाल करें और
अगली जरूरत आने तक उसे भूल जायें।
पैसा कमायें और पैसे को रास्ता बनाकर मंजिल पायें।

लोहे को गरम करने से उसका क्षेत्रफल बढ़ता है यानी लोहे का आकार गरम किए जाने पर बढ़ता है। हर बार इसी नियम के अनुसार धातु अपना आकार बदलता है। प्रकृति नियम के अनुसार काम करती है। समृद्धि के भी नियम होते हैं। आइए, कुछ नियमों का अध्ययन पुस्तक के इस भाग में करें। ये नियम आपको समृद्धि के रास्ते पर बढ़ने में अतिरिक्त मदद करेंगे।

समय का नियम

आप अपने समय के साथ सिर्फ दो बातें कर सकते हैं या उसे खर्च कर सकते हैं या निवेश कर सकते हैं।

हम अपना जितना पैसा निवेश करते हैं, हरदम उससे अधिक क्यों पाते हैं? यदि हम अपना समय खर्च कर देते हैं तो वह वापस लौटकर क्यों नहीं आता? इसका मतलब है कि समय पैसे की तरह मज़बूत रास्ता है, मंज़िल नहीं।

उद्योजक (इन्डस्ट्रीअलिस्ट) अपने समय को बहुत महत्त्व देते हैं। उन्हें पता है कि उनके पास क्या है जो मूल्यवान है और वे अपनी मूल्यवान चीज़ का बड़े होश

में उपयोग करते हैं। आप भी इस समय का, जो दुनिया बनने के बाद प्रकट हुआ, योग्य उपयोग करें।

जब लोग समृद्ध बनना चाहते हैं किंतु अपना समय सतत कम दर्जे के कामों में खर्च करते हैं, तब उनका इस तरह का बरताव उन्हें निराशा एवं असफलता की गहरी खाई में ले जाता है। दूसरे शब्दों में कहा जाए तो ऐसे लोग कभी भी अपना लक्ष्य पाने में सफल नहीं होते।

आपको अपने मूल्यवान समय के बारे में जानना ही होगा और सतत अपने आपसे पूछना होगा, 'मैं अपने आपको जिस भी कार्य में शामिल कर रहा हूँ, क्या वह कार्य मुझे मेरे हिसाब से या उससे अधिक लाभ देनेवाला है?'

यहाँ आपको एक अभ्यास करने के लिए दिया जा रहा है। आप अपनी वार्षिक आमदनी का लक्ष्य निर्धारित करें, उसे एक वर्ष के उतने महीने से विभाजित करें, जितने महीने आप काम करते हैं। यह ज़रूरी नहीं कि आप यह विभाजन आज की कार्य पद्धति, आज के व्यवसाय के अनुसार करें, अगर आपकी कार्य योजना (काम करने की अवधि) परिवर्तनशील (flexible) है तो आप इसे अपने उस चाहत के अनुसार तय कर सकते हैं।

अब उस वार्षिक आमदनी को उन सप्ताहों के नंबर से विभाजित करें, जितने सप्ताह आप काम करते हैं। ५२,००० सालाना आमदनीवाला इंसान हर सप्ताह १,००० रुपए कमाता है तो वह दिन के काम के एक घंटे में कितना कमाएगा? यानी काम के घंटों से विभाजित करने से आपको एक घंटे का मूल्य पता चलेगा। दिन में १० घंटे काम करनेवाला सप्ताह में ७० घंटे काम करता है तो उसके एक घंटे की कीमत लगभग १४ रुपए हुई।

जितने घंटे आप हर दिन काम करना चाहते हैं, उसके आधार पर आप एक घंटे का सही मूल्यमापन कर सकते हैं। आप कहाँ हैं और आप कहाँ तक बढ़ना चाहते हैं, यह आप तय कर सकते हैं। इस गणित के व्यायाम से आप सफलता की वह चाभी पा सकते हैं, जो आपके पैसे के लक्ष्य को निर्धारित करेगी और आपसे कार्य करवाएगी।

आपका समय नियोजन, आपके कार्य को सफलता की तरफ ले जाता है। आपका वह कार्य आपको जहाँ आप हैं (वर्तमान से) वहाँ से उस तरफ ले जाता है, जहाँ सफलता प्राप्त होती है।

इस अभ्यास के बाद अब आप यह तो जान गए हैं कि आपके अनुसार आपके एक घंटे का मूल्य _____ रुपए हैं। आज के पश्चात आप अपने आपसे यह अवश्य पूछें कि 'जो कार्य मैं करने जा रहा हूँ, क्या उससे मैं हर घंटे का _____ रुपए मूल्य पाऊँगा? क्या इस कार्य का एक घंटा मुझे _____ रुपए मूल्य चुका पाएगा या मैं इससे बेहतर कार्य में समय इस्तेमाल करूँ?'

अगर आपका जवाब 'ना' में आता है तो आपको ऐसे कार्यों में नहीं उलझना है। इसका मतलब यह भी नहीं कि इस कार्य को नहीं करना है। वह कार्य आपको व्यावसायिक घंटों के दौरान नहीं करना है। बचे हुए समय में आप सामाजिक, घर-परिवार, आत्मविकास (श्रवण, पठन, सेवा) के कार्यों का आसानी से समय नियोजन कर सकते हैं। यह संतुलन आपको संपूर्ण लक्ष्य प्राप्त करने में मदद करता है।

समय नियोजन के इस गुर को सीखकर अब यह सोचें कि आप किस तरह अपने कम लाभान्वित कार्य को सही प्रणाली, सही प्राथमिकता से प्रभाव पूर्ण कर सकते हैं। आप किस प्रकार उस कार्य को अपना समय खर्च किए बिना कर सकते हैं, यह तरकीब ढूँढ़ निकालें। इस तरह समय नियोजन के इस नियम का भरपूर लाभ लें।

समय पैसे की तरह मज़बूत रास्ता है, मंज़िल नहीं।

२३

समृद्धि के नियम
समृद्ध बनने में सहायक

कंजूस इंसान अपनी योग्यता पर कभी काम नहीं करता,
वह सिर्फ किस्मत पर ही भरोसा रखता है।
वह सदा लॉटरी और भाग्य के चक्कर में घूमता है
इसलिए उसकी पैसे कमाने की योग्यता कभी तैयार नहीं होती।

पूर्ण योजना और व्यवस्थित तरीके से कार्य को अंजाम दें

एक पति-पत्नी थे, जो सामान्य जीवन जीते थे। वे हर महीने कुछ रुपए दान किया करते थे। वे किसी भी परिस्थिति में लाखों रुपए देने की हैसियत नहीं रखते थे। किंतु उन्होंने लक्ष्य रखा कि 'हम मृत्यु से पहले इतने काबिल हो जाएँगे कि लाखों रुपए दान में दे सकें।' उन्हें पूर्ण विश्वास था कि हम इस लक्ष्य को ज़रूर पूरा कर पाएँगे क्योंकि वे व्यवस्थित तरीके से इस लक्ष्य को पूर्ण करने के पीछे थे। वे केवल यह सोचते थे कि 'जब हम अपने जीवन के अंत में पीछे मुड़कर अपनी उदारता की तरफ देखने में काबिल हो जाएँगे, तब हम पाएँगे कि हमने कुछ अलग किया है।' इसी तरह आप भी अपना लक्ष्य पाने में कामयाब हो सकते हैं, अगर आप इसकी शुरुआत करते हैं और अपनी योजनाओं पर स्थिर रहते हैं।

कारण और परिणाम का सिद्धांत

पैसे का नियम : 'कारण और उसका परिणाम', एक है। यह नियम इतना गहरा और शक्तिशाली है कि इस नियम को ज़्यादातर मनुष्य के भाग्य का 'आयरन लॉ'

लोहे का कानून कहकर संबोधित किया जाता है। इससे यह जाना जा सकता है कि आपके जीवन में आपके साथ जो भी होता है, सब इसी नियम के तहत होता है।

सीधे-सादे शब्दों में कहा जाए तो कारण और उसके परिणाम के नियम अनुसार, जो भी परिणाम हमारे जीवन में दिखाई देते हैं, उनके पहले कोई एक विशेष या कई कारण हुए होते हैं। इसका तात्पर्य यह है कि जो कुछ भी आप अपने जीवन में चाहते हैं या किसी चीज़ की चाहत अधिकता से रखते हैं और आपने उसका भली-भाँति सीमांकन किया है तो वह आप पा सकते हैं। बशर्ते आप उन्हें पाने का कारण जान लें और उन कारणों (कर्म) को अपने जीवन में लागू करें।

धन सफलता यह एक परिणाम है, इसके विशेष कारण हैं। कोई एक इंसान जो कार्य करके धन प्राप्त कर सकता है तो आप भी वह कार्य करके धन प्राप्त कर सकते हैं। इसी तरह यदि आपने वे ही कारण किसी और क्षेत्र में लागू किए तो भी परिणाम आपको वे ही मिलेंगे जो दूसरों को मिलते हैं। यह कोई चमत्कार नहीं है और न ही यह नियम भाग्य पर निर्भर है।

आपके व्यावसायिक क्षेत्र में कारण और परिणाम का नियम यह बताता है कि आप अपने कार्य क्षेत्र के सबसे कामयाब और सबसे अधिक धन कमानेवाले व्यावसायिक बनना चाहते हैं तो आपको उन लोगों के मानसिक नक्शे कदम पर चलना होगा जो शोहरत और धन के धनी हैं।

अगर आप ये बातें दोहराते रहते हैं तो अंत में आपको इसका परिणाम प्राप्त होता है।

यह इंसान के अनुभव के परिणाम हैं। इसके विरुद्ध कारण और परिणामों का नियम यह बताता है कि यदि आप अपनी अभिलाषा की खातिर उन गुणों को नहीं अपनाते, जो गुण उन सफल लोगों में हैं, आप जिनके जैसे परिणामों की अपेक्षा रखते हैं तो आपको उनके सफल परिणाम नहीं मिलते। अगर आपने वह नहीं किया जो सफल इंसान करता है तो आपको उनकी तरह सफल परिणाम नहीं मिल सकते।

एकाग्रता का नियम :

आप जिस चीज़ पर मनन करते हैं, वह आपके जीवन में आने लगती है और बढ़ती है। अगर आप सतत अपने लक्ष्य व उन चीज़ों के बारे में सोचते हैं, जो आप

अपने जीवन में पाना चाहते हैं तो ये विचार ही हावी होकर आपके जीवन में वह लाते हैं जो आपकी चाहत है। ये विचार ही आपकी चाहत को पूरा करते हैं यानी अगर आप चाहते हैं कि आप कामयाब बिज़नेसमैन बनें तो आप देखेंगे कि आप सही मायनों में वह करने लगते हैं, जिससे आपके विचार सच बनें। अगर आप उन बातों पर ज़्यादा एकाग्रता से ध्यान देते हैं, जो आपकी चाहत है तो वह लक्ष्य जल्दी उभरता है और आपके जीवन में दिखाई देता है। लेकिन यदि आपने गलती से भी उन बातों पर विचार किया, जिनसे आप डरते हैं या जो बातें आपको नहीं चाहिए तो यह डर बढ़ जाएगा और आपके विचारों पर हावी होकर आपसे गलत कार्य करवाएगा। आप बिना चाहे अपने आपको नुकसान पहुँचाते हैं, उन बातों को सोचकर जो आप नहीं चाहते। अकसर देखा जाता है कि आपके लक्ष्य के लिए आपको जिन बातों पर कार्य करना होता है, उन्हें आप टालते हैं। जो बातें लक्ष्य के विरुद्ध लेकर जाती हैं, उन्हें करने में हमें मेहनत नहीं लगती, वे कार्य आसानी से हो जाते हैं। हकीकत तो यह है कि हम जितना अधिक नकारात्मक सोचते हैं वे विचार उतना अधिक हमारे जीवन को प्रभावित करते हैं।

यह एकाग्रता के ध्यान का नियम, कारण और परिणाम का ही दूसरा नियम है। जीवन में वे ही लोग सफलता प्राप्त करते हैं जो सतत अपने लक्ष्य पर ध्यान देते हैं। वे लोग कामयाब नहीं होते हैं जो उन बातों पर मनन करते हैं, जो वे नहीं चाहते हैं। इसका परिणाम यह होता है कि यशस्वी इंसान अधिक यश की प्राप्ति करते हैं एवं उन्हें वे बातें अधिक मिलती हैं, जो वे चाहते हैं।

आप जिस तरह के इंसान बनना चाहते हैं और जितना धन प्राप्त करना चाहते हैं, उसके लिए आपको सतत उन्हीं बातों पर ध्यान देने की आवश्यकता है। आपको सुबह से शाम तक वही करना चाहिए, जो आपके कामयाब इंसान बनने की गति को बरकरार रखे। आप दृढ़ निश्चय करके अपनी वाणी एवं क्रियाओं को उन चीज़ों से दूर रखें, जो आपको अपने लक्ष्य से दूर खींचती हैं।

आकर्षण का नियम :

आकर्षण का नियम कहता है कि आप एक चुंबक हैं और आपके विचार आपके समक्ष ऊर्जा की एक कक्षा तैयार करते हैं। वे विचार आपमें से निकलकर फिर

से आपकी तरफ आकर्षित होकर, आपके जीवन में लोगों और घटनाओं में संतुलन रखते हैं। जो भी विचार आपकी सकारात्मक या नकारात्मक भावनाओं के साथ जुड़कर आपमें से निकलकर फैलते हैं, वे ही विचार आपकी ज़िंदगी में लोगों को, घटनाओं को, युक्तियों को और मौकों को आपकी तरफ सकारात्मक या नकारात्मक तरह से आकर्षित करते हैं।

यह नियम कहता है कि अगर आपके दिमाग में आपके लक्ष्य को पाने की स्पष्ट तसवीर है (या आपमें धनवान बनने की चाह है) और अगर आप उस तसवीर को सतत अपने दिमाग में रख सकते हैं तो आप निश्चित ही अपने जीवन में वे सब बातें लाने में समर्थ होंगे, जो आप पाना चाहते हैं। जो भी लोग कामयाब या धनवान बने हैं, उन्होंने अपने लक्ष्य को बड़ी दृढ़ता से उस समय तक सतत अपने दिमाग में पकड़कर रखा, जब तक उन्हें वह प्राप्त नहीं हुआ।

अनुरूपता का नियम :

अनुरूपता का नियम बहुत सशक्त होता है। इसमें यह बताया गया है कि आपकी बाहरी दुनिया एक आइने की तरह है, जिसमें वह सब प्रकाशित होता है जो आपके अंदर (अंतर्मन में) चलता रहता है। इस नियम के अनुसार जो भी बाहर घटित हो रहा है, वे घटनाएँ उन्हीं बातों की प्रतिक्रियाएँ हैं, जो आपके अंदर चल रही हैं।

जब हम यह सुनते हैं कि 'आपकी बाहरी दुनिया वही बताती है जो आपके अंदर की दुनिया है' तो इसका मतलब है हमारे अंतर्मन व बाहरी मन का स्तर अगर हम पूर्ण होशो–हवास में अपने लक्ष्य को पकड़ पाने की क्षमता रखते हैं और दृढ़ता से काफी समय तक पकड़कर रखते हैं तो हमें धीरे–धीरे इसकी प्रतिक्रिया बाहरी दुनिया में दिखाई देती है।

आपकी संपत्ति के बारे में भी यही नियम लागू होता है इसलिए होशपूर्वक अपने विचारों, सांपत्तिक चाहतों एवं उसकी अधिकता के बारे में अपने विचार दृढ़ करें ताकि धीर–धीरे बाहरी दुनिया में वे बातें प्रकट हों और आप अपने लक्ष्य को प्राप्त कर पाएँ।

कोई एक इंसान जो कार्य करके धन प्राप्त कर सकता है
तो आप भी वह कार्य करके धन प्राप्त कर सकते हैं।

२४

असली दौलत प्राप्त करें

समृद्धि सार

पैसे से क्या नहीं मिलता?
पैसे से मौन नहीं मिलता,
न ही पैसे से प्रेम
व असली खुशी मिलती है।

वैभव नाम का एक इंसान ईश्वर से हर दिन यह प्रार्थना करता था कि 'हे ईश्वर, मुझे धन और वैभव दो ताकि मुझे आत्मसंतोष प्राप्त हो।'

एक दिन उसे रात में एक सपना आया, जिसमें उसे बताया गया कि कल सुबह तुम्हें तीन लोग मिलेंगे, उनसे तुम यह माँग करना कि 'तुम्हारी दौलत मुझे दे दो।' ऐसा करने से तुम्हारी प्रार्थना पूरी होगी।

यह सपना देखकर वह बड़ा खुश हुआ कि ईश्वर ने उसे दर्शन दिया और अमीर बनने का रास्ता बताया। फिर वह उसी दिन जब घर से बाहर निकला तो उसे रास्ते में एक-एक करके तीन लोग मिले।

सबसे पहले वैभव को मिलनेवाला इंसान था एक धनी सेठ। वैभव ने आज्ञा अनुसार उससे जाकर हिचकिचाते हुए कहा, 'तुम्हारी दौलत मुझे दे दो।'

सेठजी ने उसकी बात सुनकर उसे यह कहकर भगा दिया कि 'चलो भागो यहाँ से, क्या समझकर मेरी दौलत माँगता है?'

वैभव को मिलनेवाला दूसरा इंसान एक संन्यासी था। वैभव ने उससे भी डरते-डरते यही माँग की, 'तुम्हारी दौलत मुझे दे दो।'

संन्यासी ने यह सुनकर उसके हाथ में खाली कटोरा थमा दिया। कटोरा देखकर वैभव चकरा गया कि मैं क्या माँग रहा हूँ और यह संन्यासी मुझे क्या दे रहा है। वह उधर से भी खिसक लिया।

आगे उसे तीसरा इंसान मिला, जो दिखने में साधारण सा था। वैभव उसके पास गया और उसे अपने सपने की पूरी कहानी बताई। उस साधारण से इंसान ने अपनी जेब से एक हीरा निकालकर कहा, 'यह मेरी दौलत है, ले लो।'

वैभव हीरा पाकर बहुत खुश हुआ, उसे लगा कि इससे मेरी सभी समस्याएँ, परेशानियाँ खत्म हो जाएँगी, मुझे अब हर सफलता प्राप्त होगी, आत्मसंतोष मिलेगा।

हीरा लेकर वैभव घर वापस लौटा लेकिन रातभर उसे नींद नहीं आई, वह सोचते ही रहा। सुबह उठकर वैभव फिर उसी रास्ते पर गया और उसी तीसरे इंसान की राह देखने लगा, जिसने उसे हीरा दिया था। लेकिन वह इंसान उसे नहीं मिला। दूसरे दिन भी वैभव ने यही प्रयास किया। तीन दिन के बाद, वैभव को वह इंसान दिखाई दिया।

वैभव ने तुरंत जाकर उस इंसान को रोक लिया। वैभव ने खुशी और आश्चर्य के मिले-जुले भाव से उस इंसान से कहा, 'आपने मुझे अपनी असली दौलत क्यों नहीं दी। सेठजी ने डाँटकर भगा दिया, संन्यासी ने तो हाथ में कटोरा देकर डरा दिया और आपने तो चालाकी करके मुझे भगा दिया।'

यह सुनकर उस इंसान को आश्चर्य हुआ, उसने बताया, 'क्या हुआ, मैंने तो आपकी माँगी दौलत, यह हीरा आपको दे दिया!' तब वैभव ने कहा, 'आपने हीरा तो दे दिया मगर यह आपकी असली दौलत नहीं है। तीन दिनों से मुझे नींद नहीं आई। मैं सोचता रहा कि कितनी आसानी से आपने यह हीरा निकालकर मुझे दे दिया। ऐसी क्या समझ, ऐसी क्या जानकारी आपके पास है, जिसकी वजह से आपने इतना मूल्यवान हीरा इतनी सहजता से उठाकर मुझे दे दिया? वह ज्ञान और समझ जिसके आधार पर इतना बड़ा कदम आप उठा पाए, वह मुझे चाहिए। यही ज्ञान अथवा बोध

आपकी असली दौलत है। मुझे घर जाकर यह समझ में आया कि आत्मसंतोष उस हीरे से प्राप्त नहीं होगा बल्कि उस समझ से प्राप्त होगा, जो आपके पास है।'

साधारण से लगनेवाले इंसान ने कहा, 'जो असली दौलत है, वह तो तुम्हारे पास भी है, तुम्हारे अंदर ही है, सिर्फ तुम्हें उस स्थान, तेजस्थान (हृदय) का पता लगाना है, वहाँ पर ध्यान की दौलत द्वारा तुम्हें डुबकी लगानी है, वहाँ पर टिकने की कला तुम्हें सीखनी है। फिर तुम्हारे लिए भी हर फैसला सहज होगा, तुम्हें पैसे की कोई कमी नहीं होगी और तुम्हारी असली दौलत की कभी चोरी नहीं होगी।'

'अपना होश बढ़ाओ, अपनी उस चेतना का स्तर बढ़ाओ, जो तुम्हारी सबसे बड़ी दौलत है। जब तक यह दौलत तुम्हारे पास है, तब तक खुशी और संतोष की तुम्हें कमी नहीं होगी। अपनी नज़र हमेशा इस दौलत पर लगाए रखो कि यह कहीं कम तो नहीं हो रही है। जिस चीज़ पर तुम नज़र रखते हो, उस चीज़ की कभी चोरी नहीं होती।'

ऊपर दी गई कहानी में पहला इंसान संसारी था, दूसरा इंसान संन्यासी था और तीसरा इंसान तेज संसारी था। उस दिन वैभव जो संसारी इंसान का प्रतीक है, जान पाया कि समझ, होश, मौन, ध्यान, समय और प्रेम ही सबसे मूल्यवान दौलत है, जो हमारे अंदर उपलब्ध है।

आप भी सच्चे अमीर (तेज संसारी) बनें, पैसे की कोई भी गलत मान्यता स्वीकार न करें, सभी मान्यताएँ प्रकाश में लाएँ। पैसे को अपना इस्तेमाल न करने दें बल्कि पैसे को रास्ता बनाएँ।

ज़रूरत और चाहत को ध्यान में रखकर खरीददारी करें। बचत करने की आदत डालें। पैसे का आदर करते हुए उसे अपने जीवन में सही रफ्तार से, बिना रुकावट डाले बहने दें। पैसे से जो पाया उसे देखें, न कि 'पैसा गया... पैसा गया' कहते फिरें। 'सब भरपूर है' का मंत्र व समझ दोहराते हुए प्रार्थना करें।

पैसे से संबंधित प्रकृति का महान नियम जानें कि 'आप जो देते हैं, उसी से विकास होता है और जो लेते हैं उससे मात्र गुज़ारा होता है।' आज तक आपने जो भी दिया है, उसी से आपका विकास हुआ है। जब आप अपनी चीज़ देंगे, तब वह

लौटकर कई गुना बढ़कर वापस आएगी। यह महान नियम समझते हुए अपने आपको भी देना सीखें।

बजट बनाकर खुद को बचत की आदत लगाएँ। अपनी कमाई के दस हिस्से करके उनमें से नौ हिस्सों में सब खर्च बिठाएँ। आपकी जो इच्छाएँ पूरी नहीं होंगी, उनके लिए मैजिक बॉक्स बनाएँ। अपने खर्चों के प्रति सजग हो जाएँ ताकि आपको यह पता चले कि पैसे कहाँ खर्च हो रहे हैं।

बचत के साथ-साथ पैसे का संवर्धन करना भी सीखें। फँसानेवाली योजनाओं में न उलझें। अपनी तरफ से हमेशा विश्वास बीज डालें और बीज डालकर वहाँ पर रुकें। लोगों के विकास के लिए निमित्त बनना, उन्हें मदद करना, उनकी समस्याएँ सुलझाना इत्यादि बातें आपकी तरफ से विश्वास बीज हैं, यह बीज डालना कभी न भूलें।

पैसा कमाने के लिए मेहनत से भागें नहीं, जागें। जो लोग काम करने से जी नहीं चुराते, किसी काम को छोटा नहीं समझते, वे लोग कभी भी बेरोज़गार नहीं होते। जो लोग सीखने में रुचि रखते हैं तथा अपनी नज़र लोगों की बुद्धि (ज्ञान) पर रखते हैं, वे लोग सही हिसाब-किताब (अकाउंट) जानते हैं, अपना पैसा बैंक में डालने के लिए सुस्ती नहीं करते, लापरवाही से पैसे खर्च नहीं करते। वे लोग पैसे की समस्या का यह सूत्र जानते हैं :

पैसे की समस्या = लापरवाही + सुस्ती + गलत आदतें − समझ

अपनी रचनात्मक सोच व सृजनात्मक विचार शक्ति द्वारा कुछ ऐसी चीज़ों का निर्माण करें, जो लोगों की ज़रूरत है। ऐसा करने से आपको पैसे की कभी कमी महसूस नहीं होगी। अपनी कंजूसी को कम करते हुए दान करना सीखें। ये सब समृद्धि के रहस्य हैं, इन्हें अपने जीवन में इस्तेमाल करके समृद्धि पाएँ।

रुका हुआ पैसा उसी तरह बन जाता है, जैसे रुका हुआ पानी।
ऐसे पानी से दुर्गंध आने लगती है।

इंसान का मन मान्यताओं का मटका है। मन कभी सच्चाई देखकर भी मानने को तैयार नहीं होता तो कभी बिना मनन किए कुछ बातें मान बैठता है। मान्यताओं के मटके को तोड़ने के लिए मन को सबसे पहले मानने से जानने की ओर ले जाएँ।

यह पुस्तक पढ़ने के बाद अपने अभिप्राय (विचार सेवा) इस पते पर भेज सकते हैं :
Tejgyan Global Foundation,
Pimpri Colony Post office, P.O. Box 25,
Pune- 411017. Maharashtra (India).

परिशिष्ट

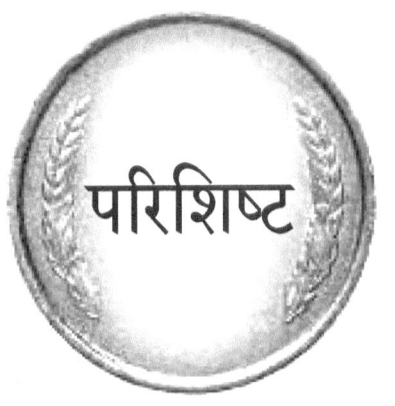

२५

न संसारी बनें, न संन्यासी बनें

गुण और ज्ञान बढ़ाएँ

संसारी के लिए
असफलता दुःख है, परेशानी है,
तेज संसारी के लिए,
असफलता आगे की तैयारी है।

संसारी, जीवन में पढ़ाई करता है, व्यवसाय करता है, पैसा कमाता है, शादी करता है, बच्चे पैदा करता है और उनकी परवरिश अपने जीवन जैसी करता है। हर संसारी के साथ यही होता है। पढ़ाई-लिखाई, व्यवसाय, जिससे वह पैसा कमा पाए, शादी, बच्चे और रिटायरमेंट। ज़िंदगीभर वह यही चक्र चलाता है परंतु तेज संसारी के पास तेजज्ञान है इसलिए वह जानता है कि पैसा, सत्य, पृथ्वी लक्ष्य, रिश्ते क्या हैं, उनका महत्त्व क्या है और सभी का सही ढंग से इस्तेमाल कैसे करें। तेज संसारी नीचे लिखी गई चार बातें अच्छी तरह जानता है :

१. ज़िंदगी में हर इंसान के लिए, हर चीज़ भरपूर बनाई गई है। हर चीज़ भरपूर है तो पैसा भी भरपूर है। पैसा, प्यार, समय, आनंद, मौन और जीवन भरपूर है।

२. पैसा आध्यात्मिक उन्नति में बाधा नहीं है। दरअसल पैसे के सही इस्तेमाल से अपनी व दूसरों की आध्यात्मिक उन्नति को और ज़्यादा बढ़ावा दिया जा सकता है।

३. पैसा रास्ता है, मंज़िल नहीं है, रास्ता है तो उसका भी अपना महत्त्व है। पैसा अपने आपमें कोई गलत चीज़ नहीं है। लोगों ने पैसे को मंज़िल मानकर अपने जीवन

में अनेक रुकावटें डाल दी हैं। इतना-इतना ही हम जीवन में कमाएँगे तो हमारी मंज़िल आ गई, यह समझकर लोगों ने एक सीमा डाल दी है।

४. पैसे का प्रवाह कैसे बढ़ाया जा सकता है, इस जगत में पैसा कैसे बनता है, बढ़ता है, कैसे जीवन में आता है, कब रुकता है, क्या बातें हैं जो रुकावट बनती हैं।

तेज संसारी के गुण

तेज संसारी ही विश्व को बदलने के लिए आखिरी उम्मीद है क्योंकि तेज संसारी पैसे से ज़्यादा गुणों को सम्मान देता है। तेज संसारी में नीचे दिए गए गुण होते हैं :

१. **दृढ़ विश्वास** : दृढ़ विश्वास यानी किसी भी घटना में उसका विश्वास बदलता नहीं है। यह विश्वास किसी अज्ञान के कारण नहीं बल्कि समझ के साथ है। वह हर घटना को समझ द्वारा देखते हुए, उसका फायदा उठाता है। वह जानता है कि जिस अस्तित्त्व (ईश्वर) ने उसे जन्म दिया है, वही उसका अंत तक खयाल रखेगा इसलिए उसकी प्रार्थना में शक्ति है। यही विश्वास उसे हर पल, हर क्षण सही मार्गदर्शन, सही सूचनाएँ देता रहता है। अगर कोई दुःख उसके जीवन में आता है तो उसका विश्वास डगमगाता नहीं बल्कि उस दुःख के पीछे क्या रहस्य है, क्या सीखना है, वह जानता है।

२. **फुर्तीली बुद्धि** : तेज संसारी हर जगह, हर परिस्थिति में अपने आपको ढाल लेता है। बच्चों के साथ बच्चा, बूढ़ों के साथ बूढ़ा, जवानों के साथ जवान बनकर पेश आता है। तेज संसारी की बुद्धि लचीली और फुर्तीली होती है। तूफान आने पर जो पेड़ झुक जाते हैं, वे बच जाते हैं, जो अकड़े रहते हैं, वे गिर जाते हैं, नष्ट हो जाते हैं। कुछ रिश्ते-नातों में लोग अपनी अकड़ की वजह से कितना प्यार खो रहे हैं, जीवन के अंत तक वे लोग तेज प्रेम को नहीं जान पाते।

३. **निर्भय आँखें** : 'निर्भय आँखें' यानी जिन आँखों में किसी भी तरह का डर नहीं है। तेज संसारी समस्याओं से नहीं डरता बल्कि समस्याएँ ही उससे डरती हैं और उसे समस्याओं में छिपा हुआ तोहफा (अवसर) देकर जाती हैं।

आप भी तेज संसारी बनें, दुःख और भाग्य से मुक्ति पाएँ। जो भाग्य से मुक्त वह भाग्यशाली, जो कर्म से मुक्त वह निरअहंकारी, जो मुक्ति से मुक्त वह 'तेज संसारी'।

तेज संसारी : विश्व की पहली ज़रूरत

तेज संसारी संसार के लिए उपयुक्त होगा। वह पहाड़ों पर या जंगलों में जाकर नहीं रहेगा क्योंकि साधारण मकान में रहनेवाला इंसान यदि बंगला बनाए लेकिन उसमें न रहे तो आप उसे क्या कहेंगे? यही कहेंगे, 'फिर बंगला क्यों बनाया?' उसी तरह संसार बनाया गया है उसमें रहने के लिए, न कि उससे भागने के लिए। तेज संसारी, संसार में रहकर (बंगले में रहने का) तेज आनंद लेता है।

तेज संसारी स्वयं मान्यताओं से मुक्त है तथा बच्चों को मान्यताओं के पीछे छिपे कारणों की समझ देकर उन्हें भी मान्यताओं से मुक्त रखता है। उसे रिश्ते, नातों में 'समझ' (अण्डरस्टैण्डिंग) का महत्त्व पता है। हालाँकि रिश्ते, नाते, शादी ये सब बनाने के पीछे रहस्य यह था कि दो लोगों के मिलन से, योग से अपने आपको जानने के लिए और आत्मसाक्षात्कार पाने में दोनों एक-दूसरे के लिए निमित्त बनें। परंतु आज के युग में यह समझ नष्ट हो चुकी है। आज कितने लोग शादी कर रहे हैं, करवा रहे हैं, छोटी उम्र में शादियाँ हो रही हैं। जो स्वयं बच्चों की तरह लड़ रहे हैं, वे बच्चों को जन्म दे रहे हैं, उनका पालन-पोषण कर रहे हैं। परंतु इन पवित्र रिश्तों में, तेज संसारी न होने के कारण, आज दरार आ चुकी है। तेज संसारी के लिए इन रिश्तों के द्वारा- *जीवन का अर्थ गिरकर सँभलना नहीं बल्कि जीवन का अर्थ गिरना, सँभलना, उठना और खाली हाथ नहीं उठना बल्कि कुछ लेकर उठना, ज़िंदगी है।*

जीवन की हर घटना हमें कुछ अनुभव दे रही है, उसका फायदा लें। जो झगड़े जीवन में हो रहे हैं, तनाव आ रहे हैं, वे कुछ अनुभव दे रहे हैं। यदि उन घटनाओं से हमने कुछ न सीखा तो ये झगड़े जीवनभर होते रहेंगे। ऐसे वातावरण में जो बच्चे पलते हैं, वे बड़े होकर बीमार बच्चे बनते हैं। बीमार यानी इनमें से कुछ अपने आपको दूसरों से कम समझते हैं या दूसरों से ज़्यादा मानते हैं। दोनों तरह के बच्चे बीमार होते हैं। ऐसे बीमार बच्चे देश को, विश्व को दिए जा रहे हैं तो देश का भविष्य कैसा होगा? यही बच्चे जब बड़े होकर बच्चे पैदा करेंगे तब विश्व का क्या हाल होगा?

इसलिए हर इंसान 'तेज संसारी' बनने के लिए योग्य समझ प्राप्त करे।

'तेज संसारी' यह नवीनतम कल्पना, नया विचार है परंतु आज के युग की आवश्यकता है। तेज संसारी दोनों (संसारी और संन्यासी) के गुणों का लाभ लेते हुए अपना मूल लक्ष्य जानता है, जिसे प्राप्त करना ही उसका कुल-मूल उद्‌देश्य है। तेज संसारी संन्यास और संसार के दुष्चक्र से बाहर होता है। तो आइए, यह जानें कि संसारी व संन्यासी के अवगुण क्या हैं :

संन्यासी के अवगुण :

संन्यासी जो सही ज्ञान प्राप्त किए हुए थे, वे लगभग खत्म हो गए हैं और बचे हैं सिर्फ पाखंडी जो अनेक कर्मकाण्डों में लोगों को उलझाकर, उन्हें उनके मूल लक्ष्य से दूर ले जा रहे हैं। इसके अलावा जो तमोगुणी, सुस्त प्रवृत्ति के लोग हैं, वे संन्यासी बनने लगे क्योंकि वे अपनी ज़िम्मेदारियों से, जीवन की समस्याओं से भागना चाहते हैं। साधु, संन्यासी जो घूम रहे हैं, वे अपनी आजीविका कभी किसी तीर्थस्थान, दीक्षा-दक्षिणा, लंगर इत्यादि द्वारा चलाने लगे हैं। इसी तमोगुण भरे जीवन के साथ वे बड़े खुश हैं।

संसारी के अवगुण :

संसारी जीवन में भी यही दृश्य है। मनुष्य जन्म प्राप्त हुआ, संसार में जन्म लिया, संसारी बन गया। ठीक वैसे ही जैसे हिंदू बनने के लिए या मुसलमान होने के लिए कुछ करने की आवश्यकता नहीं, केवल हिंदू अथवा मुस्लिम घर में जन्म लेना ही, उसका हिंदू होना या मुसलमान होना सिद्ध करता है। संसार में मनुष्य माया-मोह में उलझकर रह गया। अपने बच्चों को भी मान्यता और कर्मकाण्ड के साथ जीना सिखाया। आज तक यही होता आया और यही हो रहा है।

तेज संसारी ऊपर दिए गए सभी अवगुणों से मुक्त होता है। तेज संसारी, संसारी अथवा संन्यासियों के गुणों का फायदा उठाते हुए मुक्त है।

सत्य का दीया जलाएँ, नई समझ के साथ, समृद्ध जीवन में प्रवेश करें और पैसे को रास्ता समझकर उसे मज़बूत बनाने का रहस्य जानें।

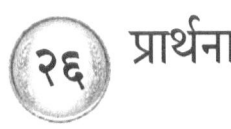

२६ प्रार्थना

आइए, सही लक्ष्मी पूजन करना सीखें और नारायण (सत्य) का दर्शन करें, जो हमारे अंदर ही है। फिर ही अंदर का दीया जलेगा, जिसकी रोशनी है, वह चैतन्य, जिसकी बदौलत हम ज़िंदा हैं।

हे लक्ष्मी, मैं आपका भक्त हूँ,
मैं आपको प्रसन्न करना चाहता हूँ।
आप जब प्रसन्न होती हैं, तब आपकी याद
हमें नहीं आती, जब आप हमसे नाराज़ होती हैं,
तब आपकी बहुत याद आती है।
आप जिन पर प्रसन्न होती हैं, वे पैसे के
बारे में दिन-रात सोचते नहीं रहते।
आप जिन पर नाराज़ होती हैं,
वे हमेशा धन की चिंता में लगे रहते हैं।
कृपया आप हमारे पास, हमारी याद
करने से पहले ही आ जाया करें।
आप जब भी आएँ तो नारायण
(सत्य नारायण) को साथ लेकर आएँ।
आप हमारी शुभ चिंतक माँ हैं।
आप अपने बच्चों का भला किस में है,
यह जानती हैं इसलिए आपके आने से
हम में अहंकार न जगे, इसका वरदान दें।
कृपया हमारी प्रार्थना स्वीकार करें...

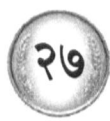

२७ मान्यताएँ

मनन करें : आपके अंदर पैसे से संबंधित कौन-कौन सी मान्यताएँ हैं?

२८ बचत योजना

मनन करें : पुस्तक पढ़ने के बाद आपने बचत करने के लिए कौन सी कार्य योजना बनाई है? यदि नहीं बनाई है तो इस पर मनन करें और लिखें।

२९ योग्यता

मनन करें : पुस्तक पढ़ने के बाद, योग्यता बढ़ाने के लिए आप कौन सी बातें शुरू करने जा रहे हैं?

३० ब्लॉक्स

मनन करें : वर्तमान में आप पैसे में कौन-कौन से ब्लॉक्स, रुकावटें डाल रहे हैं?

३१ विश्वास बीज

मनन करें : आप अपने जीवन में कौन से विश्वास बीज डालने जा रहे हैं और कैसे? (पैसा, मित्रता, समय, सेवा, शब्द, सलाह देना, आइडिया देना, प्रार्थना करना, किसी का दुःख सुनना, मदद, उपहार देना, बेशर्त प्रेम देना, दान करना)

My Notes :

My Notes :

शेष संग्रह

सरश्री द्वारा रचित श्रेष्ठ पुस्तकें

मन का विज्ञान

मन के बुद्ध कैसे बनें

Total Pages - 176
Price - 135/-

विज्ञान की मदद से विश्व में आज तक कई चमत्कार देखे गए हैं और कई चमत्कारों पर संशोधन जारी भी है। किंतु क्या कभी आपने आदर्श और प्रशिक्षित मन का चमत्कार देखा है? अगर नहीं तो यह पुस्तक आपके लिए है। हर कल्पना से परे विश्व का सबसे बड़ा चमत्कार आदर्श तथा प्रशिक्षित मन के साथ ही हो सकता है, यह 'मन का विज्ञान' इस पुस्तक द्वारा जान लें और जब मन सताए तब नीचे दी गई बातों पर महारत हासिल करें।

* मन क्या है, मन के भिन्न पहलू कौन से हैं और मन के बुद्ध कैसे बनें
* विचारों और भावनाओं द्वारा मन किस तरह सच पर हावी हो जाता है
* सरल उपमाओं द्वारा जानें मन की कार्यपद्धति
* मन के विकार और उनसे आज़ादी का मार्ग
* मन की सारी नकारात्मक आदतों से छुटकारा पाने के रचनात्मक तरीके
* मन को आदर्श बनाने का उद्‌देश्य और पद्धति
* मनोरंजन में मन कैसे उलझता है और उससे मुक्ति के उपाय
* मन के नाटक होते हैं अनेक, उनसे छुटकारा पाने के तरीके भी हैं अनेक
* मन के बुद्ध बनने के लिए आवश्यक आठ कदम

इस पुस्तक द्वारा आप सुप्त मन के अनोखे रूप से परिचित होंगे तथा मन के बुद्ध बनने का राजमार्ग जान पाएँगे, जो हमें मन सताने से पहले सीख लेना चाहिए।

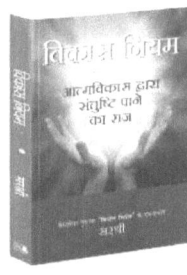

विकास नियम

आत्मविकास द्वारा संतुष्टि पाने का राज़

Pages - 176
Price - 100/-

विकास नियम हमारे चारों ओर काम कर रहा है। फिर चाहे वह शरीर का विकास हो, बुद्धि का विकास हो, शहर या देश का विकास हो। यह नियम तो एक बुनियादी नियम है; यह पूर्णता की चाहत है। आइए, इस पुस्तक द्वारा विकास नियम को अपना आदर्श बना दें और विकास की नई ऊँचाइयों को छू लें।

विकास नियम हर इंसान और वस्तु में छिपी संभावनाओं को प्रकट करने का नियम है। यह आपकी संपूर्ण संतुष्टि की चाहत को पूरा करता है। इस नियम के जरिए जान लें जो अब आपके सामने है।

* विकास नियम का महा मंत्र क्या है?
* विकास की शुरुआत कैसे और कहाँ से करें?
* विकास का विकल्प कैसे चुनें?
* विकास पर सदा अपनी नजर कैसे टिकाए रखें?
* आत्मविकास के स्वामी कैसे बनें?
* इंसान की अंतिम विकास अवस्था क्या है?
* स्वयं को और अपने मन की जमाई सोच को कैसे जानें?

विकास नियम के पन्नों में छिपे हैं, ऐसे कई सवालों के सरल जवाब, जिन्हें पढ़ना शुरू करें आज से, याद से...।

समग्र लोकव्यवहार
मित्रता और रिश्ते निभाने की कला

Total Pages - 184
Price - 150/-

आश्चर्य की बात है कि इंसान अपना व्यवहार खुद चुनकर नहीं करता। उसका व्यवहार दूसरों के व्यवहार पर निर्भर होता है। जैसे 'उसने मेरे साथ गलत व्यवहार किया इसलिए मैंने भी उसे भला-बुरा कहा... उसने मुझसे टेढ़े तरीके से बात की इसलिए मैंने क्रोध किया...', ऐसी बातें तो अकसर आप सुनते व बोलते हैं। इसका अर्थ है कि सामनेवाला जैसा चाहे, वैसा व्यवहार हमसे निकलवा सकता है। यह दिखाता है कि हम बँधे हुए हैं। स्वयं को इस बंधन से मुक्त करने के लिए लोक व्यवहार की कला सीखें। इस पुस्तक से आप सीखेंगे –

* व्यवहार चुनने के लिए आज़ाद होने का मार्ग और उस पर चलने का राज़।
* उच्चतम व्यवहार कब-कैसे किया जाए।
* रिश्तों में सफलता हासिल करने के लिए लोक व्यवहार का सही तरीका।
* मित्रता और रिश्ते निभाने की कला
* चार तरह के व्यवहार का ज्ञान
* सही समय पर सही व्यवहार कैसे किया जाए
* समग्र व्यवहार सीखने की विधि
* दर्द और दुःख में योग्य व्यवहार करने की कला

यह पुस्तक आपको मित्रता और रिश्ते निभाने तथा समग्र लोक व्यवहार की कला सिखाएगी। यह पुस्तक समग्र जीवन की कुँजी है। इस कुँजी द्वारा आप लोक व्यवहार कुशलता के खज़ाने का ताला बड़ी कुशलता से खोल पाएँगे।

असंभव कैसे करें संभव

हातिम से सीखें साहस और निःस्वार्थ जीवन का राज़

Total Pages - 176
Price - 100/-

हातिम के किस्से विश्व प्रसिद्ध हैं जो आपको रहस्य, रोमांच और साहस की तिलस्मी दुनिया में ले जाते हैं। लेकिन इस बार यह साहस आपको दिखाना है और सात नहीं बल्कि चौदह सवालों के जवाब खोजने हैं पर एक अलग ढंग से। यह खोज जंगलों में, पर्वतों पर, रेगिस्तानों में नहीं बल्कि स्वयं के भीतर ही डुबकी लगाकर करनी है।

इस खोज में यह पुस्तक आपकी मार्गदर्शक बनेगी। जो पहले आपको सवाल देगी, फिर आपसे उनके जवाबों की खोज करवाएगी। ये जवाब आपको सिखाएँगे-

१. असंभव कैसे बने संभव? वहम, तथ्य, सत्य और परमसत्य का रहस्य क्या है?

२. कुदरत से कैसा ताल-मेल बनाएँ ताकि लक्ष्य सहजता से प्राप्त हो?

३. दुःख से बाहर आने की कला क्या है, आनंदित अवस्था कैसे पाएँ?

४. निःस्वार्थ जीवन की शक्ति क्या है, इसे अपनाना क्यों ज़रूरी है?

५. कर्म विज्ञान क्या है, कर्म बंधनों से मुक्ति कैसे पाएँ?

६. प्रेम, आनंद, शांति, संपन्नता, स्वास्थ्य, मधुर रिश्तोंभरा जीवन कैसे पाएँ?

७. मृत्यु और जीवन का रहस्य क्या है? मुक्ति क्या है, इसे कैसे प्राप्त करें?

तो चलिए हातिम बनकर सात-सात वचनों के साथ आंतरिक खोज का शुभारंभ करें और वह सब कुछ प्राप्त करें, जिसे पाने के लिए आप पृथ्वी पर आए हैं।

संपूर्ण लक्ष्य

संपूर्ण विकास कैसे करें

Total Pages - 216
Price - 175/-

जीवन में लक्ष्य का निर्धारण अति आवश्यक है। बिना नियोजित लक्ष्य के अपेक्षित परिणाम की आशा ही व्यर्थ है। संपूर्ण विकास इंसान का लक्ष्य होता है किंतु जागरूकता के अभाव में लक्ष्य आधा-अधूरा रह जाता है।

यह पुस्तक इसी विषय पर केंद्रित है, जो इंसान को संपूर्ण, शारीरिक, मानसिक, आर्थिक, सामाजिक व आध्यात्मिक विकास की दिशा में मार्गदर्शन कराती है। जिससे वह स्वत: संपूर्ण विकास का लक्ष्य प्राप्त कर सकता है। पुस्तक में सरश्री के प्रेरक प्रवचनों एवं लेखों का संकलन किया गया है।

पुस्तक मुख्यत: ६ खण्डों में विभक्त है। प्रथम खण्ड विद्यार्थियों तथा सफलता चाहनेवाले लोगों के लिए प्रेरणास्रोत है। शेष खण्डों में शारीरिक, मानसिक, आर्थिक, सामाजिक आदि विकास के बारे में विस्तार से प्रकाश डाला गया है। पुस्तक में भय, क्रोध, चिंता, अंहकार, ईर्ष्या आदि को संपूर्ण विकास की राह का रोड़ा बताया गया है और सरल शब्दों में इन विकारों से मुक्ति पाने की युक्ति का वर्णन किया गया है। लक्ष्य त्रिकोण द्वारा जीवन को दिशा देकर कैसे संपूर्ण विकास का मार्ग तय किया जा सकता है, यह पुस्तक द्वारा विधिपूर्वक बताया गया है।

पुस्तक में वर्णित सरश्री के विचार लोक जीवन पर दूरगामी सकारात्मक प्रभाव डालनेवाले हैं। वैचारिक द्वंद्व में फँसे पाठक जिन समस्याओं से हताश हो गए हों, पुस्तक उन्हें उबारने में संजीवनी का काम कर सकती है। पुस्तक में प्रयुक्त भाषा सरल, गंभीर और बोधगम्य है, जिसे पाठक रुचिपूर्वक ग्रहण कर सकता है।

– सत्य प्रकाश श्रीवास्तव

संपूर्ण प्रशिक्षण

आत्मविकास के लिए सीखें महान महारत तकनीकें

Total Pages - 224
Price - 125/-

कुदरत के नियम समझनेवाले महारथी बनें...

कुदरत के नियम समझनेवाले आत्मप्रशिक्षण लेने से नहीं कतराते, वे कभी छोटा लक्ष्य नहीं बनाते, इस वाक्य की सच्चाई साबित करना संपूर्ण प्रशिक्षण पुस्तक का लक्ष्य है। जीवन में बड़ा लक्ष्य प्राप्त करने के लिए हर इंसान को संपूर्ण प्रशिक्षण की आवश्यकता है।

इस पुस्तक में हर उस प्रशिक्षण को संजोया गया है, जो आपके लिए मील का पत्थर साबित होगा। आइए, कुछ प्रशिक्षणों पर नज़र डालते हैं।

* आउट ऑफ बॉक्स सोचने का प्रशिक्षण
* नई चीज़ों को कम समय में सीखने का प्रशिक्षण
* टीम में आत्मविकास का प्रशिक्षण
* सोच-शक्ति को बढ़ाने का प्रशिक्षण
* जो मिला है, उसकी उचित देखभाल कर सकने का प्रशिक्षण
* कम शब्दों और समय में महत्वपूर्ण संदेश लोगों तक पहुँचाने का प्रशिक्षण
* लक्ष्य को हर समय याद रख पाने का प्रशिक्षण

कुछ किताबें ऐसी होती हैं, जो केवल सतही ज्ञान देती हैं, ऊपर-ऊपर से चीज़ों को प्रकाश में लाती हैं। कुछ किताबें आपको आपके अंदर के गुणों और अवगुणों की पहचान करवाती हैं। यह किताब आपको एक ऐसी योजना देती है, जो न केवल संपूर्ण प्रशिक्षण के नक्शे को प्रकाश में लाती है बल्कि नक्शे से आपकी पहचान भी करवाती है। इतना ही नहीं, आगे चलकर आपको उस नक्शे पर चलने के लिए प्रेरित भी करती है।

निर्णय और ज़िम्मेदारी

वचनबद्ध निर्णय और ज़िम्मेदारी कैसे लें

Total Pages - 168
Price - 150/-
Also available in Marathi

जिम्मेदार होना इंसान की महत्वपूर्ण जरूरत है। यद्यपि हर इंसान की अलग-अलग जिम्मेदारियाँ होती है लेकिन उसकी सबसे अहम जिम्मेदारी 'उच्चतम विकसित समाज' के निर्माण की होती है। यह इंसान की इसलिए भी महत्वपूर्ण जिम्मेदारी है क्योंकि उसका पृथ्वी लक्ष्य उस उद्देश्य को प्राप्त किए बिना सफल नहीं माना जा सकता। यह जिम्मेदारी न तो कठिन है और न ही असंभव। सिर्फ इसे निभाने का दमदार लक्ष्य होना चाहिए। चूँकि यह कार्य दृढ़ आत्मविश्वास पर केंद्रित होता है इसलिए इस चुनौती को पूरा कर पाना असंभव भी नहीं है।

शक्तिशाली लक्ष्य बनाकर वचनबद्ध निर्णय के बल पर कैसे जिम्मेदारी की चुनौती स्वीकार की जा सकती है- पुस्तक इसी विषय पर आइना दिखाती है। पुस्तक ३ खण्डों में विभक्त है, जिसका प्रथम खण्ड निर्णय लेने की कला सिखाता है। दूसरा खण्ड जिम्मेदारी लेने की योग्यता और तीसरा खण्ड वचन पर कायम रहने का निश्चय बताता है।

पुस्तक यह सिखाती है कि जिम्मेदारी बोझ नहीं बल्कि यह हमारे गुणों को विकसित करने की एक कला है। पक्के इरादे वादे निभाने की शक्ति देते हैं और मन पर नियंत्रण पाकर हम अपने जिम्मेदारी की चुनौती को पूरा कर सकते हैं।

सरश्री की यह रचना जिम्मेदार बनाने की दिशा में मील का पत्थर है। सरल भाषा, सारगर्भित शब्दों के प्रयोग और प्रभावोत्पादक उदाहरणों से पुस्तक आकर्षक एवं रोचक हो गई है। पुस्तक पाठकों की सुप्त ऊर्जा को जगाकर उन्हें जिम्मेदार नागरिक बनाने की दिशा में एक सफल और स्वीकार्य रचना है।

इमोशन्स पर जीत

दुःखद भावनाओं से मुलाकात कैसे करें

Total Pages - 176
Price - 135/-

अपनी भावनाओं को दुश्मन नहीं, दोस्त बनाने के लिए पढ़ें...

* दुःखद भावनाओं से मुक्ति का मार्ग
* क्या रोना अच्छा है या कमज़ोरी है
* असुरक्षा की भावना से मुक्ति कैसे मिले
* भावनाओं को मुक्त करने के चार योग्य तरीके
* भावनाओं से मुलाकात करने के चार उच्चतम तरीके
* भावनाओं को अभिव्यक्त करने के सच्चे तरीके

आपका इमोशनल कोशंट –EQ– कितना है?

क्या आपसे किसी ने उपरोक्त सवाल पूछा है?

आज लोग आय.क्यू. का महत्त्व तो समझते हैं परंतु इ.क्यू. (इमोशनल कोशंट) का महत्त्व उससे अधिक है, यह कम लोग जानते हैं।

भावनाओं से जूझ रहे इंसान के पास यदि 'इ.क्यू.' है तो वह जीवन की हर बाज़ी को पलट सकता है। परंतु यदि उसके पास इ.क्यू. नहीं है और केवल आय.क्यू. है तो उस कार्य को कर पाना उसके लिए मुश्किल हो सकता है। इसी लिए भावनात्मक परिपक्वता पाना महत्त्वपूर्ण है।

सिर्फ उम्र से बड़ा होना परिपक्वता नहीं है, भावनाओं से प्रभावित हुए बिना उनसे गुज़रकर, उनको सही रूप में देखने की कला सीखकर ही इंसान भावनात्मक रूप से परिपक्व बनता है। यही परिपक्वता आपको प्रदान करती है यह पुस्तक।

भावनाओं से मुक्ति पाने के दो ही तरीके इंसान ने सीखे हैं– एक है उन्हें निगलना और दूसरा है उगलना। जबकि भावनाओं को मुक्त करने के अनेक अचूक तरीके हैं, जो इस पुस्तक में आपको बताए गए हैं।

यह पुस्तक आपको भावनाओं के भँवर से निकालकर, प्रेम का टीका लगाएगी ताकि आपको कभी नकारात्मकता छू न पाए।

ध्यान और धन

ध्यान का धन और धन का ध्यान

Total Pages - 144
Price - 140/-

ईश्वर ने हमें प्रेम, साहस, ध्यान और सेहत की दौलत दी है। इंसान अगर प्रेम, ध्यान, समय और साहस की दौलत प्राप्त न कर केवल पैसा कमाना, अपना लक्ष्य मान ले तो अंत में उसे पछताना पड़ता है। इसलिए जीवन में संतुलन रखना अनिर्वाय है। यह पुस्तक इसी संतुलन पर हमें मार्गदर्शन देती है। 'धन' और 'ध्यान' की सच्ची समझ हर इंसान को प्राप्त करनी चाहिए।

जीवन की दो अतियों में एक तरफ है 'ध्यान' और दूसरी तरफ है 'धन'। ध्यान हमें परमात्मा तक पहुँचाता है जबकि धन (लोभ) हमें परमात्मा से दूर कर सकता है। परंतु ऐसा होने से बचा जा सकता है। कैसे? यह युक्ति इस पुस्तक द्वारा समझें। धन का यदि सही इस्तेमाल किया जाए, उसे परमात्मा प्राप्ति के लिए निमित्त बनाया जाए तो यही धन साधन बन जाता है। इस तरह धन और ध्यान दोनों हमें स्वअनुभव प्राप्ति में सहयोग कर सकते हैं।

ध्यान की दौलत द्वारा आप अपने जीवन में संपूर्णता ला सकते हैं। यह संपूर्णता संपूर्ण ध्यान सीखकर प्राप्त करें। संपूर्ण ध्यान विधि भी इसी पुस्तक का एक अंग है। इस ज्ञान द्वारा दो अतियों के बीच में संतुलन साधकर ध्यान को धन और धन को ध्यान की दौलत बनाएँ।

पुस्तकें प्राप्त करने के लिए नीचे दिए गए पते पर मनीऑर्डर द्वारा पुस्तक का मूल्य भेज सकते हैं। पुस्तकें रजिस्टर्ड, कुरियर अथवा वी.पी.पी. द्वारा भेजी जाती हैं। पुस्तकों के लिए नीचे दिए गए पते पर संपर्क करें।

WOW Publishings Pvt. Ltd.

* रजिस्टर्ड ऑफिस - इ- ४, वैभव नगर, तपोवन मंदिर के नज़दीक, पिंपरी, पुणे - ४११०१७

* पोस्ट बॉक्स नं. ३६, पिंपरी कॉलोनी पोस्ट ऑफिस, पिंपरी, पुणे - ४११०१७ फोन नं.: 09011013210 / 9623457873

आप ऑन-लाइन शॉपिंग द्वारा भी पुस्तकों का ऑर्डर दे सकते हैं।

लॉग इन करें - www.gethappythoughts.org

300 रुपयों से अधिक पुस्तकें मँगवाने पर १०% की छूट और फ्री शिपिंग।

सरश्री – अल्प परिचय

(स्वीकार मुद्रा)

सरश्री की आध्यात्मिक खोज का सफर उनके बचपन से प्रारंभ हो गया था। इस खोज के दौरान उन्होंने अनेक प्रकार की पुस्तकों का अध्ययन किया। इसके साथ ही अपने आध्यात्मिक अनुसंधान के दौरान अनेक ध्यान पद्धतियों का अभ्यास किया। उनकी इसी खोज ने उन्हें कई वैचारिक और शैक्षणिक संस्थानों की ओर बढ़ाया। इसके बावजूद भी वे अंतिम सत्य से दूर रहे।

उन्होंने अपने तत्कालीन अध्यापन कार्य को भी विराम लगाया ताकि वे अपना अधिक से अधिक समय सत्य की खोज में लगा सकें। जीवन का रहस्य समझने के लिए उन्होंने एक लंबी अवधि तक मनन करते हुए अपनी खोज जारी रखी। जिसके अंत में उन्हें आत्मबोध प्राप्त हुआ। **आत्मसाक्षात्कार के बाद उन्होंने जाना कि अध्यात्म का हर मार्ग जिस कड़ी से जुड़ा है वह है– समझ (अंडरस्टैण्डिंग)।**

सरश्री कहते हैं कि 'सत्य के सभी मार्गों की शुरुआत अलग-अलग प्रकार से होती है लेकिन सभी के अंत में एक ही समझ प्राप्त होती है। **'समझ' ही सब कुछ है और यह 'समझ' अपने आपमें पूर्ण है।** आध्यात्मिक ज्ञान प्राप्ति के लिए इस 'समझ' का श्रवण ही पर्याप्त है।'

सरश्री ने ढाई हज़ार से अधिक प्रवचन दिए हैं और सौ से अधिक पुस्तकों की रचना की हैं। ये पुस्तकें दस से अधिक भाषाओं में अनुवादित की जा चुकी हैं और प्रमुख प्रकाशकों द्वारा प्रकाशित की गई हैं, जैसे पेंगुइन बुक्स, जैको बुक्स, मंजुल पब्लिशिंग हाऊस, प्रभात प्रकाशन, राजपाल ॲण्ड सन्स, पेंटागॉन प्रेस, सकाळ पेपर्स इत्यादि।

तेजज्ञान फाउण्डेशन – परिचय

तेजज्ञान फाउण्डेशन आत्मविकास से आत्मसाक्षात्कार प्राप्त करने का एक रास्ता है। इसके लिए सरश्री द्वारा एक अनूठी बोध पद्धति (System for Wisdom) का सृजन हुआ है। इस पद्धति को अन्तर्राष्ट्रीय मानक ISO 9001:2015 के आवश्यकताओं एवं निर्देशों के अनुरूप ढालकर सरल, व्यावहारिक एवं प्रभावी बनाया गया है।

इस संस्था की बोध पद्धति के विभिन्न पहलुओं (शिक्षण, निरीक्षण व गुणवत्ता) को स्वतंत्र गुणवत्ता परीक्षकों (Quality Auditors) द्वारा क्रमबद्ध तरीके से जाँचा गया। जिसके बाद इन पहलुओं को ISO 9001:2015 के अनुरूप पाकर, इस बोध पद्धति को प्रमाणित किया गया है।

फाउण्डेशन का लक्ष्य आपको नकारात्मक विचार से सकारात्मक विचार की ओर बढ़ाना है। सकारात्मक विचार से शुभ विचार यानी हॅपी थॉट्स (विधायक आनंदपूर्ण विचार) और शुभ विचार से निर्विचार की ओर बढ़ा जा सकता है। निर्विचार से ही आत्मसाक्षात्कार संभव है। शुभ विचार (Happy Thoughts) यानी यह विचार कि 'मैं हर विचार से मुक्त हो जाऊँ।' शुभ इच्छा यानी यह इच्छा कि 'मैं हर इच्छा से मुक्त हो जाऊँ।'

ज्ञान का अर्थ है सामान्य ज्ञान लेकिन तेजज्ञान यानी वह ज्ञान जो ज्ञान व अज्ञान के परे है। कई लोग सामान्य ज्ञान की जानकारी को ही ज्ञान समझ लेते हैं लेकिन असली ज्ञान और जानकारी में बहुत अंतर है। आज लोग सामान्य ज्ञान के जवाबों को ज्यादा महत्त्व देते हैं। उदाहरण के तौर पर– कर्म और भाग्य, योग और प्राणायाम, स्वर्ग और नर्क इत्यादि। आज के युग में सामान्य ज्ञान प्रदान करनेवाले लोग और शिक्षक कई मिल जाएँगे मगर इस ज्ञान को पाकर जीवन में कोई बड़ा परिवर्तन नहीं होता। यह ज्ञान या तो केवल बुद्धि विलास है या फिर अध्यात्म के नाम पर बुद्धि का व्यायाम है।

सभी समस्याओं का समाधान है तेजज्ञान। भय से मुक्ति, चिंतारहित व क्रोध से आज़ाद जीवन है तेजज्ञान। शारीरिक, मानसिक, सामाजिक, आर्थिक और आध्यात्मिक उन्नति के लिए है तेजज्ञान। तेजज्ञान आपके अंदर है, आएँ और इसे पाएँ।

यदि आप ऐसा ज्ञान चाहते हैं, जो सामान्य ज्ञान के परे हो, जो हर समस्या का समाधान हो, जो सभी मान्यताओं से आपको मुक्त करे, जो आपको ईश्वर का साक्षात्कार कराए, जो आपको सत्य पर स्थापित करे तो समय आ गया है तेजज्ञान को जानने का। समय आ गया है शब्दोंवाले सामान्य ज्ञान से उठकर तेजज्ञान का अनुभव करने का।

अब तक अध्यात्म के अनेक मार्ग बताए गए हैं। जैसे जप, तप, मंत्र, तंत्र, कर्म, भाग्य, ध्यान, ज्ञान, योग और भक्ति आदि। इन मार्गों के अंत में जो समझ, जो बोध प्राप्त होता है, वह एक ही है। सत्य के हर खोजी को अंत में एक ही समझ मिलती है और इस समझ को सुनकर भी प्राप्त किया जा सकता है। उसी समझ को सुनना यानी तेजज्ञान प्राप्त करना है। तेजज्ञान के श्रवण से सत्य का साक्षात्कार होता है, ईश्वर का अनुभव होता है। यही तेजज्ञान सरश्री महाआसमानी शिविर में प्रदान करते हैं।

महाआसमानी परम ज्ञान शिविर परिचय और लाभ (निवासी)

क्या आपको उच्चतम आनंद पाने की इच्छा है? ऐसा आनंद, जो किसी कारण पर निर्भर नहीं है, जिसमें समय के साथ केवल बढ़ोतरी ही होती है। क्या आप इसी जीवन में प्रेम, विश्वास, शांति, समृद्धि और परमसंतुष्टि पाना चाहते हैं? क्या आप शारीरिक, मानसिक, सामाजिक, आर्थिक और आध्यात्मिक इन सभी स्तरों पर सफलता हासिल करना चाहते हैं? क्या आप 'मैं कौन हूँ' इस सवाल का जवाब अनुभव से जानना चाहते हैं।

यदि आपके अंदर इन सवालों के जवाब जानने की और 'अंतिम सत्य' प्राप्त करने की प्यास जगी है तो तेजज्ञान फाउण्डेशन द्वारा आयोजित 'महाआसमानी शिविर' में आपका स्वागत है। यह शिविर पूर्णतः सरश्री की शिक्षाओं पर आधारित है। सरश्री आज के युग के आध्यात्मिक गुरु और 'तेजज्ञान फाउण्डेशन' के संस्थापक हैं, जो अत्यंत सरलता से आज की लोकभाषा में आध्यात्मिक समझ प्रदान करते हैं।

महाआसमानी शिविर का उद्देश्य :

इस शिविर का उद्देश्य है, 'विश्व का हर इंसान 'मैं कौन हूँ' इस सवाल का जवाब जानकर सर्वोच्च आनंद में स्थापित हो जाए।' उसे ऐसा ज्ञान मिले, जिससे वह हर पल वर्तमान में जीने की कला प्राप्त करे। भूतकाल का बोझ और भविष्य की

चिंता इन दोनों से वह मुक्त हो जाए। हर इंसान के जीवन में स्थायी खुशी, सही समझ और समस्याओं को विलीन करने की कला आ जाए। मनुष्य जीवन का उद्देश्य पूर्ण हो।

'मैं कौन हूँ? मैं यहाँ क्यों हूँ? मोक्ष का अर्थ क्या है? क्या इसी जन्म में मोक्ष प्राप्ति संभव है?' यदि ये सवाल आपके अंदर हैं तो महाआसमानी शिविर इसका जवाब है।

महाआसमानी शिविर के मुख्य लाभ :

इस शिविर के लाभ तो अनगिनत हैं मगर कुछ मुख्य लाभ इस प्रकार हैं...

* जीवन में दमदार लक्ष्य प्राप्त होता है।
* 'मैं कौन हूँ' यह अनुभव से जानना (सेल्फ रियलाइजेशन) होता है।
* मन के सभी विकार विलीन होते हैं।
* भय, चिंता, क्रोध, बोरडम, मोह, तनाव जैसी कई नकारात्मक बातों से मुक्ति मिलती है।
* प्रेम, आनंद, मौन, समृद्धि, संतुष्टि, विश्वास जैसे कई दिव्य गुणों से युक्ति होती है।
* सीधा, सरल और शक्तिशाली जीवन प्राप्त होता है।
* हर समस्या का समाधान प्राप्त करने की कला मिलती है।
* 'हर पल वर्तमान में जीना' यह आपका स्वभाव बन जाता है।
* आपके अंदर छिपी सभी संभावनाएँ खुल जाती हैं।
* इसी जीवन में मोक्ष (मुक्ति) प्राप्त होता है।

महाआसमानी शिविर में भाग कैसे लें?

इस शिविर में भाग लेने के लिए आपको कुछ खास माँगें पूरी करनी होती हैं। जैसे -

१) आपकी उम्र कम से कम अठारह साल या उससे ऊपर होनी चाहिए।

२) आपको सत्य स्थापना शिविर (फाउण्डेशन ट्रुथ रिट्रीट) में भाग लेना होगा, जहाँ आप सीखेंगे- वर्तमान के हर पल को कैसे जीया जाए और निर्विचार दशा में कैसे प्रवेश पाएँ।

३) आपको कुछ प्राथमिक प्रवचनों में उपस्थित होना है, जहाँ आप बुनियादी समझ आत्मसात कर, महाआसमानी शिविर के लिए तैयार होते हैं।

यह शिविर साल में पाँच या छह बार आयोजित होता है, जिसका लाभ हज़ारों खोजी उठाते हैं। इस शिविर की तैयारी आगे दिए गए स्थानों पर कराई जाती है।

पुणे, मुंबई, दिल्ली, सांगली, सातारा, जलगाँव, अहमदाबाद, कोल्हापुर, नासिक, अहमदनगर, औरंगाबाद, सूरत, बरोडा, नागपुर, भोपाल, रायपुर, चेन्नई, वर्धा, अमरावती, चंद्रपुर, यवतमाल, रत्नागिरी, लातूर, बीड, नांदेड, परभणी, पनवेल, ठाणे, सोलापुर, पंढरपुर, अकोला, बुलढाणा, धुले, भुसावल, बैंगलोर, बेलगाम, धारवाड, भुवनेश्वर, कोलकत्ता, राँची, लखनऊ, कानपुर, चंदीगढ़, जयपुर, पणजी, म्हापसा, इंदौर, इटारसी, हरदा, विदिशा, बुरहानपुर।

आप महाआसमानी की तैयारी फाउण्डेशन में उपलब्ध सरश्री द्वारा रचित पुस्तकों, सी.डी. और कैसेटस् सुनकर कर सकते हैं। इसके अलावा आप टी.वी., रेडियो और यू ट्यूब पर सरश्री के प्रवचनों का लाभ भी ले सकते हैं मगर याद रहे, ये पुस्तकें, कैसेट, टी.वी., रेडियो और यू ट्यूब के प्रवचन शिविर का परिचय मात्र है, तेजज्ञान नहीं। आप महाआसमानी शिविर में भाग लेकर ही तेजज्ञान का आनंद ले सकते हैं। आगामी महाआसमानी शिविर में अपना स्थान आरक्षित करने के लिए संपर्क करें :**09921008060/75, 9011013208**

महाआसमानी शिविर स्थान

महाआसमानी महानिवासी शिविर 'मनन आश्रम' पर आयोजित किया जाता है। यह आश्रम पुणे शहर के बाहरी क्षेत्र में पहाड़ों और निसर्ग के असीम सौंदर्य के बीच बसा हुआ है। इस आश्रम में पुरुषों और महिलाओं के लिए अलग-अलग, कुल मिलाकर 700 से 800 लोगों के रहने की व्यवस्था है। यह आश्रम पुणे शहर से 17 किलो मीटर की दूरी पर है। हवाई अड्डा, हाइवे और रेल्वे से पुणे आसानी से आ-जा सकते हैं।

मनन आश्रम, पुणे, सर्वे नं. ४३, सनस नगर, नांदोशी गांव, किरकट वाडी फाटा,

तहसील - हवेली, जिला - पुणे - ४११ ०२४. फोन : 09921008060

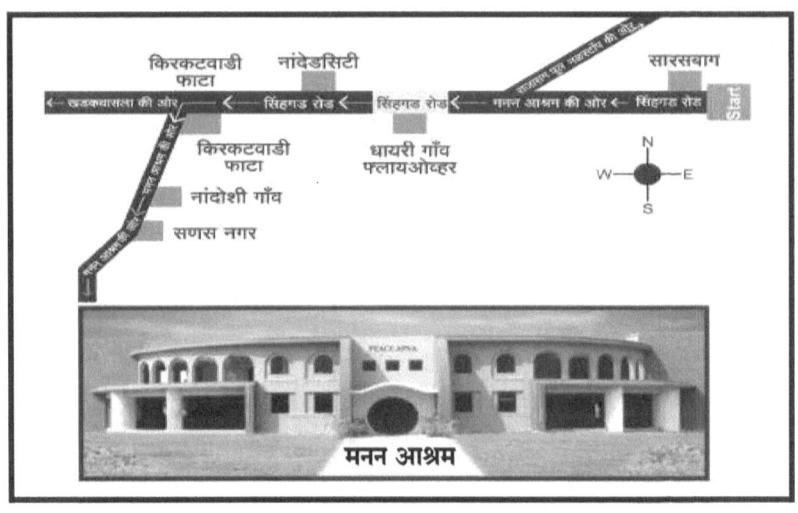

अब एक क्लिक पर ही शिविर का रजिस्ट्रेशन !

तेजज्ञान फाउण्डेशन की इन शिविरों के लिए
अब आप ऑनलाईन रजिस्ट्रेशन भी कर सकते हैं–

* महाआसमानी महानिवासी शिविर (पाँच दिवसीय निवासी शिविर)
* मैजिक ऑफ अवेकनिंग (केवल अंग्रेजी भाषा जाननेवालों के लिए तीन दिवसीय निवासी शिविर)
* मिनी महाआसमानी (निवासी) शिविर, युवाओं के लिए

रजिस्ट्रेशन के लिए आज ही लॉग इन करें

 www.tejgyan.org

www.youtube.com/tejgyan
पर भी सरश्री के प्रवचनों का लाभ ले सकते हैं।

For online shopping visit us - www.tejgyan.org
www.gethappythoughts.org

हर रविवार सुबह १०.०५ से १०.१५ रेडियो विविध भारती, एफ. एम. पुणे पर 'तेजविकास मंत्र'
नोट : उपरोक्त कार्यक्रमों के समय बदल सकते हैं इसलिए समय पुष्टि करें।

तेजज्ञान इंटरनेट रेडियो

२४ घंटे और ३६५ दिन सरश्री के प्रवचन और भजनों का लाभ लें, तेजज्ञान इंटरनेट रेडियो द्वारा। देखें लिंक http://www.tejgyan.org/internetradio.aspx

e-books

•The Source •Complete Meditation •Ultimate Purpose of Success •Enlightenment •Inner Magic •Celebrating Relationships •Essence of Devotion •Master of Siddhartha •Self Encounter, and many more.

Also available in Hindi at www. gethappythoughts.org

e-mail

mail@tejgyan.com

website

www.tejgyan.org, www.gethappythoughts.org

Free apps

U R Meditation & Tejgyan Internet Radio on all platforms like Android, iPhone, iPad and Amazon

e-magazines

'Yogya Aarogya' & 'Drushtilakshya'
emagazines available on www.magzter.com

तेजज्ञान फाउण्डेशन – मुख्य शाखाएँ

पुणे (रजिस्टर्ड ऑफिस)

विक्रांत कॉम्प्लेक्स, तपोवन मंदिर के नज़दीक, पिंपरी, पुणे-४११ ०१७.
फोन : 020-27411240, 27412576

मनन आश्रम

सर्वे नं. ४३, सनस नगर, नांदोशी गाँव, किरकटवाडी फाटा, तहसील – हवेली,
जिला– पुणे – ४११ ०२४. फोन : 09921008060

- विश्व शांति प्रार्थना -

पृथ्वी पर सफेद रोशनी (दिव्य शक्ति) आ रही है।
पृथ्वी से सुनहरी रोशनी (चेतना) उभर रही है।
विश्व से सारी नकारात्मकता दूर हो रही है।
सभी प्रेम, आनंद और शांति के लिए
खुल रहे हैं, खिल रहे हैं।'

यह 'सामूहिक अव्यक्तिगत प्रार्थना' तेजज्ञान फाउण्डेशन के सदस्य पिछले कई सालों से निरंतरता से कर रहे हैं। खुश लोग यह प्रार्थना कर सकते हैं और बीमार, दुःखी लोग उस वक्त एक जगह बैठकर इस प्रार्थना को ग्रहण कर स्वास्थ्य लाभ पा सकते हैं।

यदि इस वक्त आप परेशान या बीमार हैं तो रोज ९:०९ सुबह या रात को केवल ग्रहणशील होकर इस भाव से बैठें कि 'स्वास्थ्य और शांति की सफेद रोशनी जो इस वक्त कई प्रार्थना में बैठे लोगों द्वारा नीचे पृथ्वी पर उतर रही है, वह मुझमें भी अपना कार्य कर रही है। मैं स्वस्थ और शांत हो रहा हूँ।' कुछ देर इस भाव में रहकर आप सबको धन्यवाद देकर उठें।

www.ingramcontent.com/pod-product-compliance
Lightning Source LLC
LaVergne TN
LVHW040153080526
838202LV00042B/3140
9788184156249